青狼《せいろう》 男の詩

浜 田 文 人

幻冬舎文庫

青《せい》狼《ろう》

男の詩

目次

主な登場人物

村上　義一　　松原組内　義心会会長
島崎　朋子　　クラブのホステス
高橋　孝太　　義心会　若頭
三木　新之助　同　　　若衆
松原　宏和　　神俠会舎弟頭　松原組組長
中原　啓介　　兵庫県警捜査四課　警部補
長内　次郎　　同　　　　　　　　同
美山　勝治　　神俠会直系若衆　美山組組長

序章　冬の嵐

ひと粒の雨が頬を打った。

北の空にあらわれた黒雲はもの凄い勢いでひろがり、神戸の海を鉛色に染めた。

村上義一《むらかみよしかず》は舌を打ち鳴らし、デッキの中央にむかって駆けだした。

視線の先には、ずんぐりとした中年男がいる。船内荷役《にやく》の監督だ。木箱に腰をおろし、急激な天候の変化にも無頓着な面構えでキセル煙草をくゆらせている。

「作業を中断してください」

村上は声を張った。

監督がぎょろ眼を剝《む》いた。

「土砂降りになります」

「それがどうした」

「しばらく様子を見たほうが……」

「どあほ。この船は今夜に出港するんや。それに、海と陸《おか》は別の会社が仕切ってる。船の上のわしらが勝手に止めるわけにはいかん」

「元請はどこですの」

「知るか。わしらに仕事をまわしてるんは元請の下の、鬼島組《おにしま》や」

「ほな、鬼島組に掛け合ってください」

「できるか。わしらは元請の下の、そのまた下請で、アンコを監視するんが仕事や。嵐が気になるなら、持ち場に戻ってアンコどもにはっぱをかけろ」

アンコとは港で働く日雇い労務者の俗称である。

村上は監督の下の小頭のひとりで、アンコらを監視する立場にある。

話をしているうちにも雨脚が強くなり、角刈り頭に巻くタオルは重みを増した。

村上は睨みつけた。

「なんや、その眼は」

監督がキセルを木箱の角に打ちつけた。

「美山《みやま》さんにかわいがられてるからて図に乗るな」

美山勝治《かつじ》は港友《こうゆう》倉庫の専務である。

昭和三十年代の神戸港は毎日が祭のような賑《にぎ》やかさで、そうはいっても華やいだ雰囲気はなく、あちこちで怒声と罵声が飛び交い、ときに血を見るほどの喧騒の日々であった。

繁栄のきっかけは昭和二十五年に勃発した朝鮮戦争の特需だったが、それに因る国勢の復活は三年後に休戦を迎えても衰えず、三十年代に入ると勢いはさらに増した。

港が繁栄すればするほど面倒事がおき、活気のなかに絶えず緊張をはらんでいた。

神戸の港湾事業にかかわる下請会社は一次も二次も大半が極道者の経営で、国の内外から届く荷を仕分けする沿岸荷役、小舟で荷を運ぶ艀《はしけ》荷役、船上で荷を扱う船内荷役などを請け負い、それぞれの組織が利権と面子を賭けて火花を散らしていた。

港友倉庫は神侠会《しんきょうかい》若頭補佐の松原宏和《まつばらひろかず》の会社で、美山が現場を差配している。

――港に生きるやつは荷が命や。飯のタネや――

これまで何度も美山に聞かされた。

美山に褒められたい。いつの日か、男として認められたい。

その一念で美山の傍《そば》にいる。

中学を卒業してから三年間、その思いがゆらぐことはなかった。

遊び盛りの日々を、早朝から日没まで港で過ごしても、過酷な労働に身体《からだ》が悲鳴をあげても、美山にひと声かけられたら、それで心は満たされた。

顔一面に雨粒が降りかかる。眼を開けていられないほど風も強くなった。

村上は、監督の脇をすりぬけ、船内に入るドアの把手《とって》をつかんだ。

「なにさらす」

後ろ襟をとられた。

「操舵室の無線で専務に相談します」

「海の上はうちと反目《はんめ》の、共栄《きょうえい》運輸が仕切ってる。アンコが溺《おぼ》れ死のうと関係ない」

「俺が心配してるのは荷です。沈んだら会社に迷惑かけます」

「作業の段取りを決めるんは鬼島組や。美山さんに相談したかてどうにもならん」

村上は、襟をとる腕をふり払った。

「自分が鬼島組に談判します」

「じゃかましい」

拳《こぶし》が飛んできた。

村上は余裕でかわした。

拳が鉄扉に突きあたり、監督がうめいた。

同時に、背後で複数の叫び声と足音が聞こえた。

村上は男たちのあとを追った。

海は外洋のようにうねり、白波が弾《はじ》けている。

その波間に男が見え隠れし、傍らで荷が波にもてあそばれていた。

「荷を引きあげろ」

村上は怒鳴った。

だが、艀船の男たちは腕を伸ばすだけで、誰も海に入ろうとはしなかった。

「ウインチをこっちにまわせ」

村上は命じながら縁をまたぎ、荷の脇めがけて飛び降りた。

浮きあがると、両手をばたつかせるアンコの顔が見えた。

口をぱくぱくさせる様は、俗称の由来の、鮟鱇《あんこう》そっくりだ。

二月の海はつめたい。

氷の針で突き刺されるような痺《しび》れに加え、波が身体の自由を妨げた。なんとか木箱に掛かるロープをつかんだが、ウインチに吊るされた麻網にうまく収まらない。

「手伝え」

波にもまれていたアンコに声を放った。

だが、いつのまにか男は浮き輪を手に、艀船に近づいていた。

「くそったれ」

吐き捨てた声は海面を叩く雨音に消えた。

村上は、埠頭にある鬼島組の事務所に駆け込んだ。

ずぶ濡れのままだ。それでも寒さは忘れていた。

海に浮く荷をウインチに吊るしたあと、艀船で岸壁へむかった。いったんは港友倉庫へ行きかけたけれど、血気がそれを拒んだ。

美山に相談すれば、極道の面子を賭して松原組と鬼島組が衝突するだろう。

それなら自分が鬼島組に談判する。

うまくいけば美山に褒められる。

そう思うと、ほかの選択肢は頭から消えた。

鬼島組の事務所は倉庫の二階にあった。床板の中央には石炭ストーブが置かれ、神戸港を臨む窓際に机が四つならんでいた。

村上は、おおきく息をした。熱気が肺を満たした。建て付けの悪いガラス窓がぴゅうぴゅうと鳴いていても、室内はサウナのように暑かった。

「なんや、われ」

怒声に顔をふった。

右手の一段高い床には畳が敷かれ、二人の男が座布団を挟んでむき合っていた。二人ともダボシャツ姿で、胸と二の腕に青墨が見える。

坊主頭の若者が花札を投げ捨て、床に飛び降りるや、鼻面を突き合わせてきた。

もうひとりの四十年配の男は座ったまま様子を見ている。

「あのう、社長さんはおられますか」

自分でもびっくりするほど弱々しい声だった。

急に恐ろしくなった。

港友倉庫に出入りする松原組の若衆とは違い、若者は敵意を露《あらわ》にしている。

それでも眼に精一杯の力をこめた。

いま逃げだせば、港湾仲間の笑い者になる。粋《いき》がって啖呵《たんか》を切ったあとで、喧嘩にもならず尻尾《しっぽ》をまるめたのでは港友倉庫の看板を汚す。美山に赤恥をかかせる。

「社長はおらん」

若者が乱暴に返した。

彼の肩越しに、墨文字を見た。社長室とある。

村上はそこへむかって踏みだした。

「なにさらす」

若者に胸を突かれた。

頭に血がのぼった。

村上は、百七十一センチ、六十五キロと、あまり恵まれた体軀《たいく》ではないが、ガキ同士の勝負には自信がある。美山に拾われる前は喧嘩に明け暮れる毎日であった。

「待たんかい」

野太い声がした。

村上は視線を移した。

中年男が畳の縁に立っていた。

「用ならわいが聞く。ここを預かる岡林《おかばやし》や」

「いますぐ荷役作業を中止してもらえませんか」

「どの船や」

「フィリピン行きの……」

「むりや。時間がない」

「けど、この嵐では……」

「知るか。元請との契約を忠実に守るんが鬼島組の仕事や。嵐が吹こうと、槍が降ろうと関係ない。アンコが何人死のうと代わりはなんぼでもおる」

「荷の話をしてます。俺ら港で生きる者は荷が飯のタネです」

「しゃれたことをぬかすな」

村上は唇を噛《か》んだ。真正の極道者に咬《か》みつく度胸はない。相手しだいでは、恐怖心に貼りつけた血気の勇などあっけなく剝《は》がれおちる。

「港友倉庫の村上です」

「小僧、どこの者や」

「ほう」

中年男がにっと笑った。

「つまり、なにか。港友倉庫の看板を背負って来たわけか」

「俺の一存です。美山の兄貴は知りません」

「美山やと」

岡林が眦《まなじり》をつりあげた。

「おまえは松原組の若い衆か」

「松原組からも美山の兄貴からも盃はもらっていません。それより……」

言葉を切るや、床を蹴った。社長室のほうから女の声が聞こえた。

「ま、待たんかい」

若者のあわてふためく声を背で弾き返し、社長室のドアを引き開けた。

眼がまるくなり、心臓が暴れだした。

男と女が椅子の上でおなじむきにかさなっている。二人とも裸だった。赤ら顔の男が女の背後から両手をまわし、たわわな乳房をつかんでいる。

電球の灯《あかり》の下、女の胸に咲く牡丹《ぼたん》が汗に光った。

「なんや、われ」

男が女を抱きかかえたまま吠《ほ》えた。

村上は腰を折った。血が騒いでも、理性は残っている。

「社長さんですか。お願いが……」

首のうしろに衝撃が走った。

よろけながらも半身をひねった。

若者の手に木刀を見た。

たちどころに理性も恐怖心も吹っ飛んだ。

低い姿勢で突進し、若者の顔面に頭突きを食らわせた。

若者が床の上をのた打ちまわる。

「岡林、いてまえ」

赤ら顔の男が怒鳴った。

ドア口に立つ岡林がゆっくりと白鞘《しらさや》を抜く。

とっさに、村上は床に転がる木刀を手にした。

岡林が口元を歪めた。見くだすような、嘲笑《ちょうしょう》だった。

またしても恐怖心がよみがえる。極道者を相手にするのは初めてだ。いま伸《の》した若者とは威圧感が違う。岡林の立ち姿は閻魔《えんま》のようで、細身の脇差は太刀に見えた。

岡林がうしろ手にドアを閉め、じりじりと距離を詰める。

村上は空唾をのんだ。木刀の先がふるえだした。

刃先が天を衝く。

「はっ」

岡林が奇声を発した。

刃がふりおろされる寸前、村上は相手の胸めがけて飛び込んだ。

岡林がおおきくよろけた。

すかさず、木刀を打ち据えた。必死だった。しびれる手応えがあった。

岡林がゆっくりと崩れおちた。

床に倒れた身体は痙攣《けいれん》をはじめ、やがて動かなくなった。

村上は、木刀を放し、強張《こわば》った手のひらで顔を拭った。

ぬめるような感触があった。

赤ら顔の男と牡丹の女がわめきながら部屋を飛びだした。

村上は視線をおとした。

その先に岡林の顔がある。

割れた額から噴きでる血だけが生きているように思った。

村上は、その場にへたり込み、激しく嘔吐した。


小柄な母がさらにちいさく見える。

二か月ぶりになるが、もっと会っていない気がした。

港で働きだしてからはアンコが群れるタコ部屋で寝泊りする日が多くなった。

仕事以外の時間でもアンコらを監視するのは小頭の務めである。

手配師が運んでくる彼らは身元も素性も知れない者が大半だった。氏名と年齢と本籍地を告げても確認しないのだから、ほんとうかどうかわからない。

彼らは仕事がおわると、わずかな日当を手に、安酒を呑むか、小博奕《こばくち》を打つ。賃金を貯めることはなく、見張りを怠れば一円二円の上乗せで同業者に宿替えする。

しかし、アンコの監視はかこつけにすぎなかった。辛気くさい顔で小言をならべる母といるよりも、タコ部屋の男たちと一緒のほうがましだった。

二か月前の母の顔はぼやけている。会話をしたかどうかも思いだせない。記憶にある母よりちいさく見えるのは、これまでかさねた己の悪行と親不孝のせいだろう。

母の垂れぎみの眼の奥に強い光を見た。

村上は視線をそらした。ばつの悪さに眼を合わせていられなかった。

「親に挨拶せんかい」

プラスティックの遮断板のむこうから怒声が飛んだ。

母のうしろには美山勝治が控えている。

村上は、美山に頭をさげてから、母の正面に座った。

「心配かけて、すまん」

「心配などしてへん」

「……………」

「裁判長のお言葉に従い、いさぎよく罪を償え」

「けど、あれは……」

「けどもへちまもあるか。手を見い。おまえはその手で人を殺《あや》めたんや」

言葉を返せなかった。

拘置所のベッドでまるまっていると、岡林の死顔がうかぶ。顔に手をあてたとき、ふいに血の臭いがよみがえることもある。

村上は殺人罪で起訴された。検察の求刑は七年。裁判の序盤では正当防衛を主張した弁護士が途中から殺意の有無を争いだした。形勢が不利なのはあきらかで、結審の日が近づくにつれて、胸にくすぶる後悔と不安の念が濃くなった。

「まじめにおつとめをして、もう家には帰ってくるな」

「そんな……」

「あかん。どこまで佳美《よしみ》につらい思いをさせる気や」

腹の底から絞りだしたような声だった。

佳美は、高校に入学したばかりの、三歳違いの妹である。

「半端者はひとりで生きろ。ええな」

母が強い口調で言いおき、ドア口へむかう。

村上は黙って母の背を見つめた。

その背は離れるにつれておおきくなった。

「まだ時間はありますか」

美山の声に看守がうなずく。

美山が顔を近づけた。

「判決がどうでようと、控訴はせん。しても、実刑は免れられん」

「何年、打たれますの」

「五年かな。ちかごろは極道者への懲罰がきつくなった」

「極道者やないのに」

「じゃかましい」

声がとがった。

「泣き言をたれるなら、なんで俺のところに来た。極道者の下で働いてたら、バッヂがあろうがなかろうが、同業に見られてあたりまえやないか」

「それなら、兄貴の若衆にしてください」

「いらん」

素っ気ないひと言に、思わず身を乗りだした。

「自分は、鬼島組の岡林を……」

「こら」

美山が凄みをきかせた。

「おまえはヒーローにでもなったつもりか」

村上は顔をしかめた。思いもよらぬ言葉だった。

留置場や拘置所にいても世間の動向はわかる。

美山に連れられて生田《いくた》警察署に自首した夜、神戸市内の数箇所で銃弾が飛んだ。幹部を殺された鬼島組が松原組への報復攻撃を仕掛けた。

それをきっかけに、神俠会と、鬼島組に与《くみ》する反神俠会系組織との抗争が始まったのだが、兵力と武器で勝る神俠会が有利な状況にあると伝えられていた。

近々に鬼島組が詫《わ》びを入れる形で和議が行なわれる。

一週間ほど前、おなじ房に入ってきた極道者にそうささやかれたとき、幾分か後悔の念が拭え、美山が褒めてくれそうな期待を抱いた。将来が見えてきたようにも感じた。

だから美山のひと言は不満だった。ねぎらいの言葉をかけられてもよさそうに思った。

胸のうちを読まれたのか、美山の表情が険しさを増した。

「ええか。うちの若衆がひとり殺され、神俠会系の五十六人がパクられた。鬼島組と手打ちしたところで警察は手をゆるめん。逮捕者は百人を超えるやろ」

「自分のせいですか」

かろうじて声になった。

「おまえと、俺よ」

「どうして兄貴まで……」

「四の五のぬかすな。本家にはおまえを功労者やというお方もおるが、俺はそう思わん。むだな血を流さんでも、いずれ港は神侠会のものになった」

「……」

「どこに飛ばされるかわからんが、気をつけろ」

「えっ」

「むこうには手打ちに反対してる者もおるそうな。鬼島組のはねっかえりが、刑務所でおまえを狙わんともかぎらん」

「おどかさないでください」

「それが極道者や」

「時間だ」

美山と看守の声がかさなった。

ふたたび手錠をかけられた瞬間、身がふるえた。奈落に突き落とされた気分だった。

美山に裏切られた気もした。

一筋の光が射しかかっていた将来に暗幕を張られ、無期懲役を宣告されたような、暗澹《あんたん》たる思いが胸中にひろがった。

第一章　砂漠の狼

「ほんまに、これでええのやな。あと戻りはできんぞ」

美山が念を押した。眼はまばたきすら許さないほどの力がある。

村上は、虚勢を張って見つめ返した。

三宮《さんのみや》の鮨屋の小座敷にいる。時刻は午後六時になるところだ。

村上は、美山と二人きりになってようやく、娑婆の空気を感じはじめた。

四年六月の実刑判決を告げられてから三年七か月が経った。未決勾留期間をふくめ、まる四年の服役であった。

けさ、大阪刑務所を仮出所したあと、迎えに来た美山に連れられ、生田区中山手通《なかやまてどおり》にある美山組の事務所へ直行した。

村上の服役中に、美山は松原組若頭補佐から神俠会の直系若衆へ盃を直した。松原組長に推薦されての、異例の若さでの昇格と聞いた。

放免祝いの宴席には総勢二十三名の美山組若衆が顔をそろえた。

その席で美山は、本日より村上義一を舎弟にする、と通達した。

神戸へむかう車中で美山に打診されたときは二つ返事で快諾したのだが、あらためて若衆たちの前で披露されると、面映《おもは》ゆさに身が縮んだ。

村上は二十二歳になったばかりである。

上座の舎弟や幹部連中は、三十二歳の美山とおなじか、歳上に見えた。彼らは一様にきつい眼差しを投げてよこした。

下座にむかってならぶ若衆らも全員が自分より歳上に思えた。

そのひとり一人を紹介されたのだが、不快感をむきだしにする者もいた。

美山は彼らをとがめなかった。

親の意思に逆らう態度だったが、村上は美山の胸中を斟酌《しんしゃく》する余裕がなかった。

宴会が進むにつれ気が重くなった。

美山は二、三か月に一回の割で刑務所を訪ねてきたけれど、そのたびに村上が若衆にしてほしいと懇願しても色よい返事をしなかった。

渋々の顔で応諾したのは仮釈放が決まったあとのことである。

そのとき、村上は顔をくしゃくしゃにした。

だが、宴席ではその感激もすっかり薄れてしまった。

自分はとんでもない場所に来たのではないか。

そんなことを思った。

極道組織はゆるぎない縦社会である。

親分を頂点に、若頭と若頭補佐がいて、若衆が底辺を支える。親分と兄弟盃を交わした者を舎弟と称するが、彼らは組織の運営にはかかわらない。

村上は疑念を口にした。

「どうして、若衆ではなく、舎弟にしたのですか」

「うちの連中を見ておじけづいたか」

「すこし……歓迎されてないような気がしました」

「あたりまえや。誰かて上をめざしてる。極道者としての実績のない男がいきなり幹部になって、気分のええやつなどおるか」

「それなら若衆にしてください」

「できん。披露目はおわった」

「兄貴に迷惑をかけたくありません」

「関係ない。親の命令は絶対や。不満があっても従うしかない。親に逆らえば、極道社会では生きていけん」

　村上は黙った。

先刻の若衆らの態度を思いだしたが、そのことで不満を言う勇気はなかった。

美山が言葉をたした。

「それより、おふくろさんに挨拶せんでええのか」

「家に帰っても会ってくれません」

母は、拘置所に顔を見せたきり、一度も面会に来なかった。

母だけではない。美山と妹の佳美のほかは、かつての遊び仲間のほとんどが面会どころか一通の手紙さえよこさなかった。

仮出所が内示された数日後、佳美が母の手紙を持って面会にきた。

ちいさな文字を連ねた短い文面を読んだ。

　義一へ
　無事に出所できそうだと聞き、ほっとしております。
　母にはおまえの悪行を叱る資格はないけれど、だからといって、おまえをあまやかすつもりもありません。

刑務所をでられたら、自分の好きなように生きなさい。

過去の境遇を怨《うら》まず、他人を妬《ねた》まず、ひたすら前だけをむいて生きてほしい。

どんな人間にでも、神様はお慈悲をくだされる。

それを忘れないように。

母より

村上は、昭和二十年九月、終戦直後のどさくさのなかで生まれた。

生家の一帯は四世帯の木造集合住宅が東西に幾重にも延び、そこには同和《どうわ》と称される人々が寄り添うように暮らしていた。

昭和三十年代半ばから全国各地で都市整備事業が行なわれ、それにつれて集合住宅は姿を消しつつあったが、生家の周辺は時代から置き去りにされた。

村上が少年のころ、母はいつも他人に頭をさげていた。

はじまりは、左官職人の父が肝硬変で急逝した翌年の、小学六年のときだった。

新学期になって間もないある日、級友の誕生日パーティーに招かれた。

その子の家は、村上が住む長屋とは比較にならないほど立派で、応接室のテーブルには見たこともないおおきなバースデーケーキがあった。

村上は、妬ましさを覚えながらも、友だちと陽気にはしゃいだ。

やがて主役の子の母親があらわれ、子どもたちの輪のなかに入った。きれいな花柄のワンピースを着たその女は、息子の友だちひとり一人に声をかけた。

女が村上の前に立った。

「お名前は」

「ギイチ」

村上は、女の太股あたりの服をつまんだ。

「これ、なんて花」

「カトレアよ。ねえ、ギイチ君。このお洋服はシルクと言って、とてもデリケートな生地だから乱暴にさわってはだめよ」

村上はうなずき、手を離した。

シルクもデリケートも意味がわからなかったが、女の眼が怒っているのは感じた。

女が言葉をたした。

「どこに住んでいるの」

「番町《ばんちょう》」

村上は元気に応えた。

女が顔を強張らせ、息子を引《ひ》き摺《ず》るようにして隣室へ消えた。

ほどなく戻ってきた息子が村上を指さした。

「帰れ」

息子の指も声も、眼つきも胸に突き刺さった。

どうして。

疑念は声にならなかった。

ほかの子らはうろたえるような表情を見せたものの、皆が無言をとおした。

村上は、自宅に帰って、その一部始終を母に話した。

母もまた無言だった。

喧嘩に明け暮れるようになったのはその翌日からである。

級友たちが距離をおくようになった。それどころか、遠くから、警戒するような、蔑《さげす》むような視線をぶつけてきた。

村上は、わけがわからず無性に腹が立ち、一番仲のよかった友を殴りつけた。堰《せき》を切った怒りは留《とど》まることがなかった。相手かまわず喧嘩を仕掛けた。手加減なしの喧嘩はときとして相手に大怪我をさせた。

そのたびに、母はだだをこねる息子の腕をとり、先生や喧嘩相手の家を詫びてまわった。

ひたすら頭をさげ続けた。謝られた者の大半は恐縮するでもなく、村上の蛮行を批難し、親のしつけが悪いとか、出自のせいにするような暴言を吐いた。

それでも母は低頭し、いっさい反論しなかった。

あんな連中に、なんで謝るんや。

何度そう訊いても、母は、殴るおまえが悪い、としか言わなかった。

村上の悪行は中学生になっても治まるどころか、ますますひどくなった。街で悪童どもと眼が合っただけで拳をふるう日々が続いた。

相手を打ちのめしても、快感はめばえなかった。それどころか、時間が経つにつれむなしさが募り、それを打ち払おうと、あらたな敵に挑んだ。

そんな折の中学三年の夏、美山に声をかけられ、お好み焼きを馳走《ちそう》になった。

実家が近かったせいか、子どものころは美山にずいぶんかわいがられた。

そのときの美山の身なりは鮮明に覚えている。

真っ白なスーツを着ていた。髪は流行のリーゼントだった。

とにかく、格好よかった。

クーラーのない店で、美山は顔一面に汗を光らせていた。

「喧嘩はおもろいか」

「べつに」

「俺が相手してやろうか」

村上はぶるぶると顔をふった。

十代の美山の悪名は悪童が多い地区でも知れ渡っていた。しばらく姿が見えなくなったときは、刑務所に入っているとの噂が立った。

美山の上着の襟には神侠会の銀色のバッヂが光っていた。

そのころ、兵庫区に本部を構えていた神侠会は、怒濤《どとう》の攻めで勢力を伸ばし、神戸の街を支配しつつあった。まともな仕事にありつけない番町育ちの若者のなかには、神侠会の代紋をほしがる者もすくなくなかった。

村上もそのひとりだったが、神侠会よりも美山への憧れが強かった。

「なあ、ギイチよ」

村上は誰からもギイチと呼ばれた。

美山が片肘をつき、半身に構えた。

「おまえは親を怨んでるのか。それとも、世間を拗《す》ねてるのか」

「自分は、生まれてこないほうがよかったんです」

「おまえのおふくろさんも、そう思うてた時期があるやろな」

「それなら産まんかったら……」

言いおえる前に、強烈な鉄拳を食らった。

おかげで遠慮が吹っ飛んだ。

「兄さんも拗ねて生きてるやないの」

「違うな。たしかに、ここに生まれた宿命を怨んでるけど、拗ねたりはせん。どうせ一生背負わなあかん宿命なんや。俺が極道者になったんはゼニと力がほしかったからや。それでどう変わるわけではないが、ゼニと力があれば誰も面とむかって指はささん」

村上は何も言えなかった。


あの焦げつくような夏の日から七年が過ぎた。

「しゃあない、あしたにでも俺が挨拶してくるわ」

美山の声がして、それていた視線を戻した。

「自分が刑務所《ムショ》におるあいだ、兄貴はおふくろに会ってたのですか」

「たまにな。おまえの身体を預かってたんや。それが筋目というもんやろ」

「昔……自分を殴ったときも、おふくろに頼まれたのですか」

「そんなことがあったか」

「お好み焼き屋で」

美山が眼で笑った。

「おまえのおふくろさんは、ほんま偉い。うちの呑んだくれ婆《ばば》あとはえらい違いや」

「自分には、世間の眼ばかり気にしてる、臆病者にしか見えません」

「おまえの眼が曇ってるからや」

「………」

「おまえ、おふくろさんの涙、見たことあるか」

「いえ、一度も」

「俺は見た。あほ息子のために泣くのを……泣いて、泣いて、泣きつかれた」

「いつのことです」

「忘れた」

美山が息をつき、酒をあおった。

母に泣きつかれて、美山は自分を舎弟にしたのか。それとも、自分が人を殺めたときに泣きつかれたのか。あるいは、もっと以前のガキのころのことなのか。

村上は、最近のことのような気がした。

それを確かめようか迷っているうち、鮨桶《おけ》が運ばれてきた。

二人では食べきれないほどの握り鮨がある。

鮨屋に入ったのは今夜が三度目である。

港で働いていたころ、港友倉庫の先輩に連れて行かれた。いまいる鮨屋と比べれば、店の造りも雰囲気も月とすっぽんで、一杯呑み屋に毛の生えたような店だった。鮪《まぐろ》の赤身に烏賊《いか》と蛸《たこ》、鯵《あじ》に玉子焼き。どれもおいしく、たいそう感激したのを覚えている。

眼前の握り鮨はほとんどがネタの名さえわからない。

子どものころに食べた魚は、目刺のほか、鰯《いわし》か鯖《さば》くらいしか記憶にない。父が博奕で儲けたと言って鮪の赤身や烏賊の刺身を持ち帰ったこともあったが、家族四人で腹いっぱい食べられる量ではなかった。

「遠慮せんで食え」

「おすっ」

「ガキのもの言いはやめろ。うちの若衆にとって、おまえは伯父貴や。新参者やからと妙な遠慮してたら、おまえばかりかこの俺も舐められる」

「肝に銘じておきます」

村上は顔を突きだし、右手を鮨桶の上に泳がせた。

どのネタも色鮮やかで旨《うま》そうに見えるのだが、どんな味がするのか見当もつかない。

「ほうか」

美山がひと声発し、眼を細めた。

「おまえも貧乏人の倅《せがれ》やったな」

「はい」

「まずは大トロを食ってみろ」

村上は、美山が指さすピンク色の鮨をつまんだ。

「ネタの先をちょっとだけムラサキにつけて……そや、ぱくっといけ」

頬張ったとたん、鼻の先につんと山葵《わさび》の刺激が走った。そのあとで、喩《たと》えようのない旨味が口中いっぱいにひろがった。

美山が笑顔を近づける。

「どうや」

「たまりません。この大トロて、どんな魚ですの」

「鮪の、一番脂の乗ったところや。鮨ネタのなかで値も一番や」

「兄貴は、いつもこんな旨いもんばかり食べてますのか」

「まあな。ええ服を着て、旨いものを好きなだけ食べて、とびっきりええオナゴを連れて……極道者の見栄いうたらそれくらいのもんや。おまえも一人前の極道者になって、おふくろさんに腹一杯食わしてやれ」

村上は顔の前で手のひらをふった。

「むりです。おふくろは極道やって稼いだゼニには手をつけんと思います」

「おい、ギイチ」

美山が眼と声を凄ませた。

「極道者が稼ぐのはあぶくゼニやと思うてるんか」

「………」

「まあ、ええ。そのうち、おまえもあぶくゼニの値打ちがわかる」

村上は、曖昧《あいまい》な気分になりながらも手を動かした。

雲丹《うに》にカンパチ、穴子にヒラメと、美山にネタの名を訊いては口に放り込む。どれも美味で、一生分の贅沢をしたような気分になった。

美山はたまに手を伸ばす程度で、煙草をふかしては酒を呑んでいた。

村上はひたすら食べた。

鮨桶がほとんど空になったときだった。

「極道も楽な稼業やない」

美山がぼそっとつぶやいた。

村上は手を止めた。

「いま神侠会に何人おるか、知ってるか」

「末端までかぞえたら九千人を超えてますのやろ。刑務所で週刊誌を読み漁ってたので、神侠会のことはよく知ってます。西は広島、松山。東は名古屋から横浜まで、破竹の勢いで勢力を伸ばしてるようですね」

「皆が身体を張ったおかげや。それでも、贅沢できるんはほんのひと握りしかおらん」

「警察の締めつけが厳しいのですか」

警察庁が全国で多発する抗争事件を由々しき事態と見て極道組織の撲滅に本腰を入れだしたのは村上が服役した昭和三十九年のことで、東京オリンピックの開催をまぢかにし、警察権力は治安の安定に総力を注いだのだった。

警視庁と各道府県警察本部は、全国十団体を広域暴力団に指定し、撲滅作戦を展開した。これを機に、暴力団の呼称が使われるようになった。関東がやくざ、関西は極道、などと地域によって呼称が異なるため、それを総称し暴力団とした。

警察庁の最大の標的は、全国に武力侵攻する神侠会だった。昭和四十一年の春、兵庫県警本部は暴力団対策の専門部署として捜査四課を新設し、以前にも増して、神侠会は警察の執《しっ》拗《よう》な攻撃にさらされることになった。

だが、村上には実感がなかった。出所したばかりで、街の様変わりさえ見ていないのだから、数か月前に誕生した捜査四課と神俠会のせめぎ合いなどわかるはずがない。

「滝川《たきがわ》会長は、港湾事業と芸能興行にかかわっていた身内のほとんどを堅気にした」

「どうしてですか」

「理由はふたつある。警察は神俠会の資金源になってる企業を狙い撃ちしてる。捜査の手が本家にまで及ばんようにするための苦肉の策や」

「もうひとつは」

「組織内にくすぶる不満を排除するためや。おまえが言うとおり、神俠会は全国制覇をめざして各地で派手な戦争をくりひろげてきた。地方で戦争をやるたびに何十、何百と兵隊を送らなあかん。武器調達もふくめて膨大な資金が要る。それを支えていたのが港湾事業と芸能興行やが、おなじ若衆でも一方はゼニ儲け、他方は戦争や。極道かて人間やさかい命は惜しいし、ゼニもほしい。不満も溜まるわな」

「神俠会は一枚岩て聞いてましたけど」

「会長が元気なときは誰ひとりとして腹にかかえる不満を口にせんかった。けど、ここ数年の会長は病気がちや。そやから神俠会百年の計を立て、自分の眼が黒いうちに組織を万全な体制にしておきたいと考えて決断された」

「ゼニがなければ戦争もできんようになります」

「その心配はない。去年から、舎弟と直系若衆は、それぞれ見合ったゼニを本家に上納し、組織運営の資金に充てることになった」

「兄貴も」

「あたりまえや。若衆から上納金を集め、その一部を本家に運んでる。これからの時代は喧嘩が強いだけでは飯を食えん。ここも使わな生きていけんようになる」

美山が己の側頭部を指さした。

村上は肩をおとした。

「砂漠のまんなかで迷子になったような気分です」

「しばらくは俺の下で修業せえ。心配せんかてゼニはそこらじゅうにおちてる。要は器量と決断力や。あとは、人を値踏みできる嗅覚やな」

「嗅覚て……ますます自信がなくなりました」

美山が呆《あき》れたような顔を見せたあと、声を立て笑った。

「人が寄ってくるような男になったらええのや。簡単やないか」

なんとなくわかるような気もするし、余計にややこしくなったようにも思う。

「人もゼニも魅力のある男のところにしか集まらん」

「芸人みたいですね」

「ぜんぜん違う。極道者は堅気の衆にこわがられてなんぼや。舐められたらおしまいやけど、嫌われてもあかん。頼られたら面倒を見るのも極道者の務めや」

「兄貴についてしっかり勉強させてもらいます」

美山が満足そうにうなずいた。

「おまえにまわり道をさせる気はない。そやから舎弟にした。ええか、ギイチ。三年で自前の組を持て。できんかったら極道稼業などやめてしまえ」

「そ、そんな……」

あとは言葉にならず、眼を白黒させるしかなかった。

第二章　五月の疾風

村上義一は藤元の青々とした畳を見つめていた。

ほかに眼のやり場がなかった。

夜空に映える満開の桜をちらっとすら見られなかった。

胡坐《あぐら》に組む太腿を手で押さえていなければ、そよぐ春風にも身体が浮きそうだ。

「顔をあげろ」

傍らの美山勝治にささやかれ、背筋を伸ばした。それでも視線は定まらなかった。どこをむいても値踏みするような眼差しにぶつかる。

須磨《すま》の老舗《しにせ》旅館の大広間に四十名の極道者がいる。

左右に連なる三十六名の男たちは、神俠会の舎弟と直系若衆である。

神俠会は、十三名の舎弟と六十七名の直系若衆で構成されている。彼らはそれぞれ自前の組織を持ち、若衆を抱えているので、その若衆らと区別するため、神俠会会長と親子の縁を結ぶ者を直系若衆と称した。

床の間を背にして、中央には神侠会若頭の西本勇吉《にしもとゆうきち》が腰を据え、村上義一と松原宏和が彼の両脇に座っている。

美山が胸を反らした。

「これより、披露目の宴をはじめさせていただきます」

耳に入る口上はここまでだった。

親分連中の視線を一斉に浴び、身体はさらに固まった。

二週間前、村上は、美山組の舎弟から、松原組の若衆に盃を直した。

本家の舎弟や直系若衆と、彼らの若衆との間で交わされる親子盃の儀は身内だけで行なうのが常で、親分連中が集って祝宴が催されるのは異例のことである。

神侠会の舎弟頭と会長代行を兼務する松原の存在もそうだが、西本の尽力に拠《よ》るところがおおきかった。西本は披露目の儀を提案し、みずから直系若衆に参加を呼びかけた。本家の若頭の権力は絶大なので、よほどの理由がなければ誘いをことわれない。きょうの参加者が全体の半数に留まったのは、西本が遠方の者に遠慮し、反主流派や穏健派に属する者には声をかけなかったからである。

披露目の儀式がおわると、彼らは村上に近づき、恭《うやうや》しく徳利を傾けた。

そのたびに盃をあおるのだが、まったく酔わなかった。

参列者は事前に教えられており、初対面の人は写真で覚えたのだが、いざ顔を合わせると名前が思いうかばなかった。声をかけられてもうかつに返事ができないので、酔うどころか、呑むほどに骨の芯が凍《い》てついた。

おなじ組織に生きていても、彼らは雲の上の存在なのだ。ただ上座に座らされているだけのことで、一歩そとにでれば立場は逆転する。声をかけられるのはこの場かぎりで、一夜あければ顔すら忘れられるだろう。

村上は、長く感じる時をただやりすごすしかなかった。

一時間ほど経ったころから、参列者は三々五々と宴席を離れだした。

隣室では賽本引《さいほんび》きの賭場《とば》が開かれる。花会と称するご祝儀集めの賭場の寺銭はひと晩で一千万円を超える。そこから経費を差し引いたカネが村上に渡される。

西本と美山、村上の三人が最後に残った。今夜の主役のひとり、松原は賭場の胴元を務めるために早々と席を移った。

「若頭もそろそろ」

美山が遠慮ぎみに言った。

盃を口にあてる西本が、美山を手招きした。

美山が西本の前へ進みでた。

村上は席をはずそうとしたが、西本に腕をつかまれ動けなくなった。

西本が美山に声をかける。

「おまえに頼みがある」

「なんでしょう」

美山の頰に緊張の険が走った。

「わしもいよいよ年貢を納めるときが来た」

「収監の督促があったのですか」

「医者の診断書も通用せん。県警のどあほら、これまでさんざんわしらを利用したくせに、手のひらを返しくさって。九月に収監されることになった」

「三年ほどで出られます」

西本は恐喝および監禁・傷害の罪で四年六月の実刑が確定していた。

仮釈放をもらえれば三年で出所できる。

美山はそう読んだらしい。

「その三年が……わしが留守のあいだ、うちの五十嵐《いがらし》を助けてくれ」

五十嵐健司《けんじ》は西本組の若頭である。美山は、松原組の若衆時代に、三歳上の五十嵐と五分の兄弟盃を交わした。

「心配されなくても、五十嵐の兄弟なら安心して組をまかせられます」

「わしが心配してるんは本家のほうや」

「……………」

「会長の按配《あんばい》がようない。きのう病院へ見舞いに行ったら、姐《あね》さんに声をかけられた。持病の肝硬変が完治するのはむずかしいそうな」

村上は、ますます居心地が悪くなった。

会長の病状を正確に知る者はすくないだろう。

そんな重要なことをなぜ自分の前で話すのか。

疑念を覚えても訊くことはできない。

西本は、村上の存在を忘れたかのように美山を見据え、言葉をたした。

「いま、神俠会は正念場に立たされてる。全国におる若衆が表向き平静を装ってるんは三代目会長の存在がおおきいからや。その会長に万が一のことがあれば、末端どころか、直系若衆らが浮き足立つんは眼に見えてる」

美山がちいさくうなずいた。

「五十嵐の力量が買われ、身内からの信頼が厚いというても、伯父貴筋にあたる連中を抑えることはできん。そこでや」

　西本が顔を突きだした。

「わしが娑婆に戻ってくるまで、おまえと五十嵐、それに松原代行の三人でなんとか神侠会をまとめとってほしい」

「それはむりです。自分はまだ直系になって五年たらずの新参者です」

「わかってる。けど、おまえは代行に近いし、五十嵐とは兄弟盃を交わした仲や。二人の間を円滑にとりもてるのはおまえしかおらん」

「そう言われましても……」

「立場など気にするな。おまえは幹部にまでのぼれる男や。すくなくとも、きょうの連中はおまえの力量を認めてる」

　西本が煙草をくわえた。

　美山は唇を固く結んだ。よろこぶ顔ではなかった。

　村上は、美山の胸のうちを思った。

　四代目会長の座を約束されている西本から幹部になれる男と言われて、素直によろこばない理由は何だろう。幹部という言葉に不満なのか。あるいは、まだ先のありそうな西本の話に緊張をほぐせないでいるのか。

西本が、二度三度と喫いつけ、煙草を消した。

「おまえが矢面に立つ必要はない。わしが収監されたあと、五十嵐と結束して代行をガードしてたらええのや」

「ガード……ですか」

美山の疑《うたぐ》るようなもの言いにも、西本は表情を変えなかった。

「代行は、滝川会長と二人三脚で神俠会をここまで伸しあげた功労者や。神俠会の内部だけやなく、よその親分衆の人望も厚い」

西本が片肘を膝にのせた。

二人の顔が接近する。

「けど、そこが代行の弱点やと思わんか」

しばしの沈黙があった。

村上は身を縮めた。息をするのも気がひけた。松原組若衆としては、せめて不満の顔を見せるのが務めだろうが、西本と視線を合わせることもできなかった。

美山が重苦しい空気を裂いた。

「ガードではなく、監視ですやろ。若頭は、いまのところ中立の立場をとられてる松原の伯父貴の動きが気になりますのか」

西本が無言で凄んだ。

それを拒むように、美山が言葉をたした。

「盃直しをしたといっても、伯父貴は自分を育てた親です」

「そやから頼んでる」

西本は間髪を容《い》れなかった。

「どうや、受けてくれるか」

「…………」

また静寂がよどんだ。三つの心臓の音だけが聞こえる。

やがて、美山が舌先で唇を舐めた。

それを見て、西本が声を発した。

「神侠会を護るためや。わしがお務めをしてる間に組織がばらばらになったら、それこそ会長に合わせる顔がない。死んでも死に切れん」

わずかな間が空いて、美山がうなずいた。

西本が満面に笑みをひろげた。

村上は肩の力をぬいた。

その肩をぽんと叩かれた。

「そこでや。ギイチにも頼みがある」

西本にどんぐり眼をむけられ、村上は焦った。たちどころに面の皮がひきつった。

「美山がなんでおまえを松原組に預けたか……わかってるんか」

「修業のためやと思うてます」

村上は即座に応えた。

修業とは美山の諭し文句だった。今回の盃直しには土壇場まであらがった。

松原組は西本組とならぶ神侠会の金看板で、そこへの移籍は出世といえる。それに、美山の舎弟になってから松原には眼をかけてもらった。

けれども、美山の傍を離れたくなかった。

美山は格別の男である。

その熱い思いを伝えたのだが、美山は頑として曲げなかった。自分と松原で決めたことが不服なら、いまここで盃を割るとまで言われた。

「美山の親心や。組織を動かすのは若衆たちで、舎弟は会社に喩えたら顧問か相談役やさかい、ものは言えても手はだせん。格好のつく地位やが、それ以上の出世はありえん。つまり、美山組の舎弟でおるかぎり、おまえの将来は高が知れてる。そやから、美山はおまえを旅にだした。わしに預けろと言うたんやが、こいつは代行に義理立てした」

村上は黙ってうなずいた。

「ギイチよ。松原組の動きは逐一、美山に報告しろ」

村上は、啞然《あぜん》として西本の顔を見つめた。

西本が祝宴の音頭をとったほんとうの理由を教えられたような気がした。


生田区北野町《きたのちょう》は神戸の山手といわれる閑静な住宅地である。

村上は、その一角のマンションに事務所を構え、義心会《ぎしんかい》と名づけた。盃直しの祝儀で得た七百五十万円の半分を事務所に注ぎ込んだ。極道者として初めての見栄は己への先行投資であった。

三ＬＤＫで敷金が百五十万円、家賃は十二万円。サラリーマンの平均月収が四万円に満たない時代なので、新興の弱小組織にはかなりの負担になる。それでも己への投資を惜しまなかった。祝儀を手渡すさいの、松原のひと言が胸に響いた。

――なんに使おうと勝手やが、器量を見切られるようなまねはするな――

分不相応の事務所は、リビングの壁に松原の立ち姿を飾ることで落ち着いた。

村上はソファに胡坐をかき、五人の若者たちを見渡した。

義心会の面々である。

正面に若頭の高橋孝太《たかはしこうた》がいる。

おなじ地区に生まれ育った孝太は、妹の佳美とは中学校の同級生で、ガキのころから村上にくっついていた。二歳で母と死別したあと港湾労務者で大酒呑みの父と二人で暮らしていたが、村上が仮出所してほどなく唯一の身内の父を肺癌で亡くした。

それ以降、村上は孝太の面倒をみてきた。

残る四人は三木新之助《みきしんのすけ》、前田裕也《まえだゆうや》、金山五郎《かなやまごろう》、森谷篤《もりやあつし》で、裕也と五郎、篤の三人は、美山の舎弟時代に街で知り合った。いずれ劣らぬやんちゃ者で、とくに裕也と五郎は三宮界隈に屯《たむろ》する若者なら知らぬ者がいないほど喧嘩好きで鳴らしていた。

村上も喧嘩を売られたくちである。最初に会ったのは五郎だった。道端で肩がぶつかったとたん、五郎が殴りかかってきた。その三日後、今度は夜の街で裕也に呼び止められた。頭に包帯を巻いた五郎が一緒で、裕也は仲間の仇討ちにあらわれたのだった。

村上は楽しかった。

極道者と知りながら喧嘩を挑む裕也に昔の己をかさねた。

ガキのころの村上は極道者を避けていた。相手を叩きのめせたとしても、あとでどんな仕返しをされるか知れたものではないからだ。

鬼島組の岡林との一件は思いだす度にひや汗がでた。

それだけに、裕也と五郎の向こう見ずな度胸には感心させられた。

五郎にはてこずったけれど、裕也はそれ以上に手強《てごわ》かった。

ようやく裕也を叩きのめしたときはすっかり息があがっていた。そのあとで食事に誘った二人が身内になったのは当然のなりゆきだったような気がする。

義心会は若い集団である。

それを危惧したのか、義心会を立ちあげるさい、美山は、己の若衆で村上と親しくしていた新之助を譲ってくれた。

眼配り気配りがきき、知恵がまわる彼の参入は心強かった。

その一方で、不安も抱えた。

三十二歳の新之助を舎弟にするつもりだったが、新之助に固辞され、若衆にした。

そのせいで組織の均衡がくずれた。

新之助を除く四人は極道者の経験が浅く、礼儀作法もまともに知らない。そのうえ、若頭の孝太は鼻っ柱が強く、村上以外の者には一歩も退《ひ》かない気性の荒さがある。

村上は孝太に声をかけた。

「あしたから甲子園《こうしえん》にでかける」

「野球賭博の胴元を始めるのですか」

「まだ野球を受ける体力はない。おなじ甲子園でも競輪場や。ノミ屋をやる」

「話はついてますのか」

新之助が口を挟んだ。

「あそこは、本家の大村《おおむら》組と、神侠会とは反目の児玉《こだま》組が仕切っています」

「誰の島《シマ》かて関係ない」

孝太が毒づいた。

だが、新之助はひるまなかった。

「児玉組はともかく、本家若頭補佐の大村組長の顔を潰すようなまねはできません」

「むこうはうちのおやっさんの披露目にでんかった」

「それとこれとは……」

「やめえ」

村上は語気を強めた。

「これは西本若頭から来た話や。俺へのご祝儀らしい」

「それは……」

新之助が遠慮ぎみに言った。

「妙な話ですね。本家の若頭がどうして大村組の島を使わせますのや」

「西本組と大村組との間でどういう話があったか知らん。けど、気にしてもしょうがない。若頭の厚意をことわるわけにはいかん」

「大村組は了承してるのですね」

「そういう話や。とりあえず、あしたは俺が顔をだして大村組に挨拶する。おまえと五郎はここに残って電話番をしろ」

義心会の資金源は電話による公営ギャンブルのノミ行為である。それに加えて、これから先は事務所でテラ麻雀や賽本引きの賭場を開くつもりでいる。そうした顧客を増やすためにも外へ打って出る必要があった。

「あしたは自分もお供します」

新之助がきっぱりと言った。

「おまえ、現場の経験があったな」

「競馬のほうですが、大村組には顔見知りがいます」

「わかった。で、軍資金はなんぼほど持って行こうか」

「百万円あれば充分かと」

「その程度でええのか」

三十人ほどいる電話での客のなかには大穴狙いの者がいて、まれに数十万円を的中されることもある。競輪場で幾人の客がつくか想像もできないが、恥をかかないよう手元にある三百八十万円を持って行くつもりだった。

「まずは様子を見ましょう。あぶない車券は正規の売場で買い流せます」

「ちんけな商売できるか」

「そういう方法もあるという話です」

村上は口元を歪め、眼の端で孝太をとらえた。

いまにも不満が爆発しそうな顔をしている。

「あすは、自分ひとりで電話番しますさかい、皆で頑張ってください」

五郎のひと言が場の雰囲気を弛《ゆる》ませた。

女の指先が背の慈母観音を撫でまわる。

村上は、美山の舎弟になってすぐ、松原からもらった放免祝いのカネを手に、名の知られた彫師を訪ね、三か月かけて全身七分の刺青《いれずみ》を彫った。

胸から両肩にかけて唐獅子が向き合い、背一面には八頭身の慈母観音が立っている。青、赤、緑、黒の四色の刺青は、彫師が自慢するほどの出来であった。

退路を断って極道一筋に生きる。その意思が墨をほしがった。放免された日の宴席での、先輩らの見くだしたような視線に反撥したかった。

絵画でいえばデッサンにあたる筋彫りができあがったころ美山にばれ、親から授かった身体を汚したと、鉄拳を食らったけれど、やめなかった。

刺青が完成したとき、自信らしきものがふつふつと滾《たぎ》ったのを覚えている。たとえ錯覚だろうと、思い込みだろうと、自信は気弱さと不安を消した。

あえぎ声と共に女の爪が慈母観音に立ち、村上は気をほとばしらせた。

女の身体から離れ、煙草を喫いつけた。

中山手のラブホテルの一室にいる。

「ねえ」

島崎朋子《しまざきともこ》が顔を近づける。

神戸の歓楽街・東門《ひがしもん》のクラブでひとめ惚れした女である。

朋子は百六十センチの細身で肉感的ではないけれど、とにかく顔が気に入った。ちいさな顔の真ん中で、つぶらな瞳がまぶしかった。鼻筋が通り、小ぶりで肉厚の唇は情の濃さを感じさせた。切れあがる眼尻は気性の強さを示していた。

――しょうもない女は相手にするな。連れてる女で男の器量は知れる――

朋子を見たとき、美山の言葉が強烈によみがえった。

この女や。

眼が合った瞬間、胸のうちで叫んだ。極道者になって一年ほどの間に幾人かの女を好きになり、情を交わしたが、そう直感したのは初めてだった。

その夜以来、ひまをつくっては足繁く店にかよい、押しの一手で二か月かけて口説きおとした。朋子に言わせれば、口説くというより威《おど》しに近かったらしい。

本音だったと思う。つき合い始めて半年くらいは、電話で呼びだしても、朋子は何かと理由をつけて逢うのを拒んだ。ようやく逢えても朋子は笑顔を見せなかった。

その朋子がいまは積極的に抱かれたがる。

情が移ったのか。女の性か。そんなことはどうでもよかった。

村上にとって朋子は、極道者として、義心会の会長として、必要な女である。

一週間に一度の逢瀬《おうせ》はいつも朋子の店がはねたあとで、食事をしてホテルへ行き、夜があける前に自宅まで送る。この一年間はそのくり返しだった。

二人で旅行にでかけることもなかった。母親と大学生の弟と暮らす朋子は、糖尿病とリウマチを患う母を気遣っていた。

母によけいな気苦労をさせたくない。

それが朋子の口癖で、親不孝をかさねる村上はわがままを押しつけられなかった。

朋子が細い顎を村上の胸にのせた。

「この前、孝太に姐さんて呼ばれたんよ」

「あほくさ」

村上は、朋子の身体を払いのけ、ベッドに胡坐をかいた。

「勘違いするな。おまえは俺の女やけど、嫁やない。これまでどおり、事務所にも顔をだしたらあかん。孝太らと電話で長話もするな」

「なんでやの」

朋子がベッドの上を跳ねるようにして村上の前にまわり込む。眼前で、こぶりの乳房がゆれた。きめ細やかな肌はまだ薄紅色に染まっている。

「おまえがちゃらちゃらしてたら示しがつかん」

「そんなんせえへん。うちはな、若衆の面倒みてやりたいねん。孝太にもシンちゃんにも、たまには事務所に来て旨いごはんを作ってくださいて言われてるもん」

「あほらが」

「あほはあんたや。それとも、ほかに女ができたんか」

「しょうもないことぬかすな」

「ずっとこのままなの」

「親はどうする気や」

「あんたな」

朋子が顔を近づける。

「ようそんなこと言えるわ。うちをむりやり押し倒したくせに。あんとき、うちのおかあちゃんのことなんて考えてなかったやろ」

返す言葉が見つからない。

最初の性交で朋子がどんな反応をしたのか覚えていない。

女の身体に興奮したわけではなく、朋子を抱くことに夢中だった。

「おかあちゃんの病気はだいぶよくなってる。そやから、おりを見て話すつもりや」

「やめとけ。また病気が悪くなる」

「一緒になる気がないのやね」

「おまえな……」

村上は、朋子が初めて見せる女の性に面食らった。

これまで朋子は所帯の話を持ちださなかった。ひとめ惚れを超えた情を抱いてはいるが、村上も結婚を口にしたことはない。

現状の男と女の関係に満足しきっていた。

それとは別に、家族を持つことへのためらいがある。

「俺は極道者や。あしたはどう転ぶかわからん世界に生きてる。わかってるのか」

「ほな、なんでうちを口説いたの」

「じゃかましい。支度せえ。いぬぞ」

村上は乱暴に言い放ち、床に降り立った。

ちらっと見た朋子の顔はさみしげで、瞳は先刻までの輝きを失った。

男も女も惚れてなんぼである。

だが、自分の気持ちをいちいち口にしなければわからない女など要らない。

胸のうちを吐露しなくても、せめて、やさしい言葉のひとつでもかけてやれば朋子の機嫌は直るのだろうが、そうする気はなかった。


戦国武将になったような気分だった。

空は青く澄み渡っている。

五月の疾風が背を押した。

村上は、胸を張って甲子園競輪場の正門を通った。

午前十時をすぎたところで、第一レースの発走まで一時間ある。

それでもすでに大勢の競輪ファンが来ていて、場内の広場にならぶ屋台には新聞や予想紙と睨めっこする男たちがいる。

彼らの顔が一万円札の聖徳太子に見えた。

ここにはゼニがおちている。

そう思うと血が騒ぎ、気分は高揚した。

「あの藁葺《わらぶ》き屋根の休憩所です」

新之助が村上の耳元で言った。

楕円形の休憩所にはひとめで極道者とわかる男どもが三十人ほどいる。

村上は、そこを見据えたまま口をひらいた。

「あそこがノミ屋連中の溜まり場か」

「大村組の本部基地です。児玉組は……」

新之助が指さす先の広場にも二十人くらいの男が群れている。

「むこうに陣地を構えてます」

「けっこうな数やな」

大村組の大村正芳《まさよし》は二代目神俠会からの古参組長で、若衆は三百人を超える。それにしてもこれほどの人数で場内ノミ屋をやっているとは想像していなかった。

村上は、美山組の事務所で覚えたバカ麻雀と賽本引きしか博奕をやらない。動物や赤の他人が勝ち負けを競う公営ギャンブルや野球賭博に興味はなく、カネを賭けるのは自力勝負の博奕だけだが、それも積極的ではなかった。

博奕は胴元をやるにかぎる。

村上は、美山のひと言を信じている。

「ビッグレースになるとあの倍以上の兵隊が集められます」

「俺ら五人で商売になるのか」

せっかくのカモの大群を獲《と》り逃がすのではないか。

村上は不安になった。

新之助が苦笑をうかべた。

「とにかく、挨拶を済ませましょう」

休憩所の中央のベンチを独り占めする男がいた。歳は五十前後か。でっぷりとした身体を黒地のスーツに包んでいる。

その男の正面に三人の男が座り、二つのベンチを囲むようにして若衆らしき男たちが立っている。年齢も服装もまちまちだった。

村上は足を速めた。気おくれしている場面ではない。

裕也と篤を離れた場所に待たせ、孝太と新之助を両脇に従えた。

新之助が耳元に顔を近づける。

「中央の人がここを仕切っておられる石黒《いしぐろ》さん」

「知らん名やな」

「大村組の若衆で、石黒組の組長です」

「俺と同格か」

「それでも、丁寧に挨拶してください」

「ん」

村上が眉をひそめたときはもう、新之助は前に進んでいた。

「石黒の伯父貴、ご無沙汰しています」

「おう」

石黒が顔をほころばせる。

「元気にしてるか」

「おかげさまで」

新之助が一歩さがり、村上の脇に退いた。

「縁あって義心会に移りました。紹介させてもらいます」

村上は、すっかり新之助のペースに嵌《は》められ、無意識のうちに姿勢を正した。

「松原組の村上です。よろしくお頼み申します」

石黒が笑みを消し、さぐるような眼つきをした。

「石黒や。うちのおやじから話は聞いてる。それにしても、えらい若いのう。で、ハシリは何人連れて来た」

ハシリとは使い走りの略語で、張り客と接触する役目の者をいう。

「自分を入れて五人です」

「たったの五人か」

嘲《あざけ》るような口調だった。まわりからも失笑が洩れた。

村上はひと呼吸おいた。

悶着をおこすわけにはいかない。飯のタネを捨てるばかりか、西本の顔に泥を塗る。

美山組の舎弟としての三年間ですこしは我慢を覚えた。

義心会の会長として行動しなければならないのも自覚している。

「新参者の身ですさかい、控えめに商売させてもらおうと思うてます」

「ええ心がけや」

あっさりと返し、石黒は視線をずらした。

「おい、どの島を貸せるんや」

石黒の正面に座る男が即座に応じる。

「児玉組と相談して、うちの十三番と、むこうの一番を」

「五人で二島はむりや。しばらく一番だけで商売してもらえ」

「児玉組がむくれませんか」

「どあほ。十三番のことは黙っとれ。むこうが訊いたら、義心会の人手がたりんさかい、うちの者が手伝ってるとでも言え」

石黒が新之助に視線を移した。

「とりあえず、それでどうや。いずれ十三番も貸したる」

「おおきに」

石黒がそっぽをむいた。


「あの石黒とかいうおっさん、舐めてますのか」

孝太が不満顔をスタンドの中央へむけた。その先に石黒組の連中がいる。

バンク内ではこれから第五レースが始まるところだ。三十あまりの階段を幾度も上り下りしていた若衆たちが、票集めをおえて村上のもとへ集まった。

新之助を除く三人は皆、申し訳なさそうな顔をしている。

義心会に貸し与えられた島はバックスタンドの右端だった。

村上は、その最上段の通路にある木製のベンチに腰をおろしている。

バックスタンドには、コンクリートの階段に二十人ほどが座れる長い板を敷いた観客席がある。観客席は幅一メートルほどの通路で仕切られ、それぞれのブロックを島と呼び、島は右端の一番から左端の十三番まであった。

一番の島はバンクでいえば二コーナーあたりで、客の集まりにくい場所である。

正午を過ぎて観客が増えだしたとはいえ、第一レースから客席が埋まり、異様に盛りあがるバックスタンド中央付近の島との差は歴然としている。

観客は、喧騒に煽《あお》られ、過熱するにつれてカネを遣う。

村上の島は、ほかの島に比べて静かで、客が張る金額もちいさかった。

観客の大半はスタンドの内側にある車券売場へ足を運ぶのだが、ノミ屋から車券を買う者もかなりいた。ハシリが席まで票を集めに来るので、いちいち車券売場へ行く必要がなく、正規の五パーセント割引で車券を購入できるからだ。

そのうえ、ノミ屋の常連客になれば食事や飲み物を客席まで運んでくれる。素性さえ知れれば、軍資金が底を突いても信用買いができる。

昭和三十年代から四十年代にかけて、競輪、中央競馬、競艇、オートレース、地方競馬もふくめ、公営ギャンブル場では極道者がノミ行為を行なっていた。とくに競輪は全国どこの競輪場も連日満員の状況で、極道者には絶好のしのぎ場であった。

孝太がほかの三人のメモ用紙を集める。

「これだけの客がおって、うちに投げてきたのは十三人です。それもほとんどが百円単位のせこい客ばかりで、これでは商売になりません」

「かっかするな。まだ初日や」

「そやかて」

裕也が口を挟んだ。にきび面に不満をにじませている。

「うちの島におる客のなかには、児玉組の連中に車券を頼んでる者もおります」

「しゃあないやろ。客は命のつぎに大事なカネを賭けるのや。老舗と俺らでは信用が違う。おまえらも客と仲良うなって信用してもらえ」

新之助を見習え。

口にでかけた言葉は舌先に絡めた。

島に着いてしばらくは、孝太らとおなじように、いやそれ以上に腹のなかは煮えくり返っていた。西本若頭の仲介にもかかわらず、大村組には小僧あつかいされ、借り受けた島は客が集まりにくい場所である。それも児玉組の島の一部なのだ。

大村組の応対や票が集まらない不満を削《そ》いだのは新之助の行動であった。

新之助は、愚痴ひとつこぼさず、ほかの若衆よりも機敏に動きまわり、観客たちに笑顔で近づいては粘り強く勧誘していた。

それは商売人の顔だった。

村上は、新之助の動きを眼で追いながら、美山の言葉を思いだした。

――そのうち、おまえにもあぶくゼニの値打ちがわかる――

新之助の行動に触発されたのか、孝太は、裕也や篤にはっぱをかけ、みずからも階段の上から下まで駆けだした。

それでも、投票窓口の〆切に合わせて集票作業をおえ、村上のもとに戻ってくる度に愚痴をこぼすのは若さのせいだろう。

第五レースが始まると、孝太ら若い三人は熱い眼差しをバンクにむけた。

正午を過ぎて陽射しが強くなり、バンクはまぶしく輝きだした。

観客のボルテージはレースをかさねるごとに上昇している。

村上のとなりで汗を拭う新之助が話しかけた。

「これなら後半も、あしたからも楽しみです」

新之助の顔に笑みがひろがった。

そんな新之助の表情を見るのは初めてだった。

競輪はプログラムが進行するにつれレースのグレードがあがり、それに比例して投票数も増える。勝っている客はいまが攻め時とばかりに賭け金を増やし、負けている者は一気の挽回をもくろんで大枚勝負にでる。それに加えて、競輪は、選手の調子の良し悪しがわからない初日より、二日目、最終日と売上が伸びる。

公営ギャンブルをやらなくても、電話での客の張り加減でそれくらいは知っていた。

「おまえを連れてきてよかった」

村上はねぎらいの言葉をかけた。

そのとき、場内は歓声と怒声、それに悲鳴が飛び交い、騒然となった。

村上の位置からバンクは見えない。観客たちが総立ちになっているからだ。

ややあって孝太が喜色満面で声を発した。

「おやっさん。総取りです」

「なんぼや」

「二万三千七百円です」

十三人の客が張った総額にしてはすくない。五レースが終了して、儲けはやっと児玉組に支払うショバ代の五万円を超えたところである。

第十レースの〆切がまぢかに迫ったときだった。

孝太が息を弾ませ戻ってきた。手にはメモ用紙と分厚い万札が握られている。

「どうした」

「一目で三十万を張る客がいまして……」

やや遅れて帰ってきた新之助が孝太のメモを覗いた。

「一—三の一点張りか。オッズは一・八倍やな」

「それより相手が気にいらん」

孝太が語気を強めた。

かつて美山に教えられたように、村上もまた孝太には、たとえ年長者であれ、能力のある者であれ、若頭として対応するよう命じてある。

そのへんを心得ている新之助が下手にでた。

「どの客ですの」

「上から五段目の、左端におるおっさんや。これまで一度も買わんかった」

その客に視線をやったあと、新之助が口をひらいた。

「おそらく、ゼニの出処《でどころ》は児玉組あたりですね。あの客は午前中のレースから児玉組に票を投げてました」

「いやがらせか」

「たぶん。こっちの懐具合と度胸を試してるのやと思います」

「舐めたまねさらしやがって」

ごそごそと負けず嫌いの虫が騒ぎだした。

「突っ返しますか」

孝太が言った。

「俺の器量が見くびられるわ」

すかさず、新之助が口を挟んだ。

「窓口に走って車券を買ってきます」

「やめとけ。的中《あた》っても、たかが二十四万や」

「けど、もしうちを潰しにかかる気なら最終レースにどんと投げてきます」

「そんときはそんときや。それより、もうひと踏ん張り票を集めてこい」

孝太と新之助がちらっと視線を合わせ、階段を駆け降りた。

第十レースは一―三で決まり、百六十円の配当がついた。俗にいう鉄板レースだった。

客の大半が穴狙いだったおかげで負け分は十五万円ほどで済んだ。それでも第九レースまでの儲け分が消えてしまった。

最終の十一レースの票集めは順調に進んでいるように見えた。

第六レースからの選抜戦、第九レース以降の特別選抜戦と、レースの格があがるにつれて車券を買い求める客の数も、賭ける金額も増えている。

前半戦は一目百円単位の買い注文がほとんどだったが、後半戦になると千円単位で買う者が多くなった。万札で勝負するのは正面スタンドの特別観覧席にいる連中の、それもひと握りの上客にすぎない。それでも客を集めればノミ屋は潤う。

若衆たちは汗が光る笑顔で客に接している。

村上は、その光景を眺めながら、あすからのことを考えた。

大村組や児玉組にひと泡吹かせてやりたい。

その思いが幾つかの着想を生んだ。

投票終了が迫ったのを知らせる合図のベルが鳴りだした。

真先に戻ってきたのは孝太だった。顔が青ざめている。

「新之助の予想どおりでした」

「おなじ野郎か」

「はい。今度は二―六の一点で、五十万」

サラリーマンの一年分の賃金にひとしい。

村上は、ざわめく胸のうちを隠し、平然と構えた。

「オッズは」

「いまのところ二・三倍です」

的中すれば元金を差し引いても約六十万円の損になる。

軍資金の百万円のほか、ポケットに五十万円を忍ばせているので支払いで下手《へた》を売る心配はなさそうだが、児玉組の汚いやり口には向かっ腹が立った。

「どうや、儲かってるか」

傍らから野太い声が届いた。大村組の石黒だった。若衆がひとりついている。

ベルが鳴り止み、新之助らも戻ってきた。

石黒が孝太の手のメモ用紙を奪いとる。

「五十万の一点張りか。心配ならわしが受けたるで」

「おおきに。けど、それくらいの実弾《タマ》は用意してます」

「ほうか」

石黒があっさりと退いた。

村上は間を空けずに声をかけた。

「あしたから十三番も貸してください」

「たった五人で二島を使う気か」

石黒が顎を突きだし、喧嘩口調で言った。

「ハシリなら集められます。このまま小商いしてたら、せっかく骨を折っていただいた西本の親分に申し訳ありません」

「気に入らんのう。本家の若頭がどう言うたかしらんが、ここを仕切ってるんは大村組や。まずはうちの顔を立てるのが筋目というもんやろ」

「もちろん、感謝してます」

「ふん、好きにさらせ」

石黒がいかつい顔をしかめ、踵《きびす》を返そうとする。

「まだお話があります」

「なんや」

「車券の割引額は決まってますのか」

「はあ」

「自分のところは、あすから十パーセント割引の、一口九十円で受けようと思います」

「なんやと」

石黒が眦《まなじり》をつりあげた。

背後に控える若衆が腰をおとし、拳を握った。

孝太らも一斉に顔をひきつらせた。

村上は表情を変えなかった。

「うちの島の客だけを相手にします。よそ様の客が買いに来ても受けません」

村上は、鼻面を突き合わせ、石黒と睨み合った。

五秒か、三十秒か。重苦しい時が流れたのち、石黒が口をひらいた。

「あんまし粋がらんほうがええぞ。面倒がおきたら、身内やろうと容赦せん」

石黒が一瞥《いちべつ》をくれて背を見せた。

「おやっさん」

新之助が心配そうに言った。

「気にすんな。喧嘩を売ってきたのはむこうや。あのタヌキ親父め、児玉組と結託して俺を追いだそうと企んでやがる」

「見ていたのですか」

新之助がにんまりした。

新之助も石黒と児玉組の幹部がしきりに話し合っているのを目撃していたようだ。

またしても歓声と怒声が場内をゆるがせた。

ふりむく裕也が破顔した。

「飛びましたで。三―五の大穴です」

孝太と篤が幾度も拳をふりかざした。

新之助は冷静だった。

「それにしても、思い切ったことを言われましたね」

「十三番の島の話か」

「割引のほうです」

「老舗とおなじことをしてどうする。一気に客を増やすには大胆に攻めなあかん。あすから車券を買ってくれる客には食い物もただで配るつもりや」

「そら、よろしいわ」

新之助が声を弾ませ、孝太があとに続いた。

「客はどんと増えます。けど残念です。きょうは祝杯を挙げられません。これから三宮に戻って、ハシリをスカウトします」

「できるだけ愛想のええ、フットワークの軽い連中を集めろ」

孝太が表情を曇らせる。裕也も篤も不安な顔つきになった。悪仲間は大勢いても、村上の眼鏡に適う者は思いあたらないらしい。

「しけた面するな。なんとしても十人は集めろ」

村上は、笑いながらはっぱをかけた。


鉄板の上に磯の香が立ちあがる。

コックがあざやかな手つきで鮑《あわび》と伊勢海老に刃を入れ、弱火にした。

「さあ、どうぞ」

村上は、眼前の二人に声をかけた。

正面に西本組若頭の五十嵐健司、となりに美山勝治がいる。

二人はがっしりとした体軀を黒地のスーツに包んでいる。

美山はサイドバック、五十嵐はスポーツ刈りと風貌は異なるけれど、どちらも隙のない顔をしており、雰囲気はよく似ている。

村上は上気していた。憧れの銀幕スターと対面しているような気分だった。

甲子園競輪場では予想以上の稼ぎを得た。孝太らが一晩でハシリ役の若者たちを集めたのもおおきかったが、十パーセントの車券割引が客に好評で、おとといの最終日は全員が無駄口をきけないほど汗だくで島内を動きまわった。

石黒組や児玉組と面倒はおきなかった。

今夜は、初仕事が成功したお礼に、美山と西本若頭を食事に招待したのだった。

五十嵐が箸を手にとり、鮑をポン酢に潜らせた。

「おう、いける」

そのひと言に気が弛んだ。

「若頭にも来ていただけるとうれしかったのですが」

「代理の俺では不服か」

「と、とんでもありません」

声が裏返った。

「冗談や」

さらりと返した五十嵐の眼は笑っていなかった。

「五十嵐さんに来ていただけただけでも光栄やと思うてます」

ワイングラスを手に、美山が顔を横にふる。

「そろそろ収監やな」

「あと一週間やさかい、ここのところ毎日、本家で会議をされてる。友好団体への挨拶もあってな。駆けだし者の相手をするひまはない」

はらわたを抉《えぐ》る言葉も我慢するしかない。いまはそれしきの男なのだ。

美山がさらに話しかける。

「これから先、本家は誰が束ねる。松原の伯父貴か」

「三代目が松原代行にある程度の権限を持たせるにしても、いま残ってる三人の若頭補佐の意見を無視するわけにはいかん。たぶん、合議制になるやろ」

神俠会の幹部会は、舎弟頭兼会長代行の松原と若頭の西本、それに五人の若頭補佐で構成されている。若頭補佐は、先代からの若衆で尼崎《あまがさき》市を地盤にする大村、神戸市灘《なだ》区に本部を置く矢島《やじま》、それに葺合《ふきあい》区の谷口《たにぐち》、大阪の赤井《あかい》、徳島の佐伯《さえき》だが、そのうち矢島と赤井は昭和三十年代の抗争事件で服役中である。

「見かけの話はいらん」

美山がつっけんどんに言った。

五十嵐が憮然とした。

「どういう意味や」

「先だって、若頭に言われた。自分が留守のあいだ、松原の伯父貴と一緒におまえを支えろとな。若頭は、おまえを組長代理として幹部会に送り込む腹やないのか」

「のう、兄弟。妙な勘ぐりはやめとけ。俺は西本組の若頭として、おやじの留守を預かるので精一杯や。おやじがなにを言うたか知らんが、本家にまで頭も手もまわらん」

「それがおまえの本音としても、周りは動く。若頭の留守中に、ほかの幹部らが勢力を伸ばそうとするのは眼に見えてる」

「それならそれでええやないか。西本組はびくともせん」

「えらい自信やな」

「うちのおやじの四代目就任は既定路線や。西本組と距離をおく古参幹部がなんぼ力をつけようと、それはひっくり返らん。ついでに言えば、反主流派や穏健派の連中には神俠会を割って飛びでる気骨などない」

「それは俺も同感やが、油断はするな。なにしろ神俠会には欲深い魔物が棲んでる。てっぺんに近づくほど寿命が縮むという噂は知ってるやろ」

「誰の心配してるんや。うちのおやじか、それとも、この俺か」

「心配してるのは俺やない。若頭が神俠会とおまえを案じてる」

「そうかのう」

五十嵐が気のない返事をした。

村上は、固唾《かたず》を呑んで二人のやりとりを聞いた。

五十嵐が思い直したように口をひらいた。

「どっちにしても、こんな場所でする話やない。せっかく、ギイチが気をきかせてご馳走してくれてるんや」

「そうやな」

美山があっさり応じた。

二人は、ゴルフ談義をしながら食べだした。

村上はすっかり食欲を失《な》くした。

村上は神俠会の舎弟頭の若衆で、五十嵐は若頭の若衆である。極道社会の血縁でいえば、村上と五十嵐は同格になるけれど、極道者としての器量の差を痛感させられた。そのうえ、きな臭い話を聞いて胃袋が縮んでしまった。

五十嵐は、料理をたいらげると、デザートが運ばれてくる前に席を立った。

西本に呼ばれているという。

村上は、五十嵐について外に出た。

店の前の歩道に四人の男が待ち構えていた。

ひとりがＢＭＷの後部ドアを開ける。

五十嵐がドアの前で立ち止まった。

「旨かったで」

「ありがとうございます」

「さっきの話は忘れろ。いまのおまえは松原組の若衆や」

「はい」

村上は、車が視界から消えるまで見送って店に戻った。

美山の顔は思案ふうに見えた。

「兄貴は本家の若頭の話を気にしてますのか」

美山が眼で笑った。

「おまえはどうや」

「あそこまではっきり言われたら気になります。仕事もいただいて……」

「どうする気や。己の親を売るのか」

「売るて……そんな……」

「おまえの親は松原の伯父貴や。そこのところのけじめはきっちりつけなあかん。若頭の命令だろうと、身体を張って親を護るのが子の務めや」

「五十嵐さんにもおなじことを言われました」

「ほうか」

美山が素っ気なく言った。

「兄貴は監視役を受けるつもりですか」

「表向きはな」

「どういう意味です」

「五十嵐の兄弟は強気なことを言うてたが、あれは本音やない」

「……………」

「五十嵐は古参の親分連中にかわいがられてるが、若手の実力者はほかにもおる」

兄貴もそのひとりですね。

村上はそう言いかけて、やめた。

神侠会といえども若手実力者と目されるのは少数である。

三十代で名が知られているのは、西本組若頭の五十嵐、谷口組若頭の藤堂俊介《とうどうしゅんすけ》、それに、最も若い直系若衆の美山くらいか。

神侠会では、西本組を核とする主流派の古参組長らが五十嵐を、反主流派や穏健派といわれる組長連中は藤堂を買っている。

美山もいずれは神侠会の屋台骨を担ぐひとりと評価されているが、どちらかといえば地味な存在で、人脈の面では五十嵐と藤堂に後れをとっている。

美山が言葉をたした。

「それはともかく、幹部のなかでめだつ動きをしてるのが谷口組の組長や。西本若頭の対抗格といわれる大村さんとの連携を強めてる」

「若頭は、大村組と谷口組の台頭を恐れてるのですか」

「松原の伯父貴が大村・谷口連合に味方するのを警戒してるのかもしれん。大村さんと谷口さんは、伯父貴とおなじ、先代のときはいまの三代目と同格やった。代が替わって直系若衆に昇格した連中とはものが違う」

「ややこしいですね」

「所帯がおおきくなると人間関係も複雑になる。それが世の常や」

「若頭が心配されるように、神俠会がばらばらに……」

「ならん。兄弟も言うたやろ。神俠会の代紋は光り輝いてる。警察の圧力が強まって全国の極道組織が解散に追い込まれてるけど、神俠会は勢力を維持してる。本家の幹部から枝の末端まで、皆が神俠会の代紋を頼りにしてるのや」

村上は曖昧な気分になった。

美山の胸中を読めないもどかしさがある。

本家の直系若衆の美山が格でいえば甥っ子にあたる五十嵐や藤堂の風下に立ちたくないのだろうと思っても、それを訊けるわけがない。

「ええか、ギイチ」

美山が声を強めた。

「つまらんことに気を遣うな。己の道を突っ走れ」

「若頭の命令はどうすればいいのですか」

「俺にまかせとけ。それより……」

美山が頰を弛めた。

「甲子園で石黒とひと悶着あったそうやな」

「もう耳に入ってますのか」

「この業界は狭い。えらいとっぱくれやて、噂になりかけてる」

とっぱくれとは、向こう見ずな者とかはねっ返り者という意味の関西弁である。おなじ関西でも地域によっては突破者、あるいは単に、とっぱと称する。

「兄貴や本家の若頭に迷惑かけるようなことはしてません」

「おまえのやり口は賢いけど、石黒らの神経を逆なでしたのは確かやな。共存共栄が現場のノミ屋の決まり事やが、おまえはそれをぶち壊した」

「兄貴はどう思うてますの」

「俺がどうこう言うことやない。おまえは義心会の会長として名を売らなあかん。他人とおなじことしてたら花は咲かん。けど、喧嘩は相手を見てやれ」

「えっ」

「喧嘩するときは腕と度胸だけやのうて、頭も使え。たとえば、甲子園競輪場を仕切ってるのは石黒組と児玉組やろ。そしたら、両方を敵にまわすより、片方を味方につけて、もう一方を潰すほうが楽やないか」

「石黒と手を組めと」

「面倒がおきたらの話や」

「そうなる心配事でもあるのですか」

「園田《そのだ》競馬場の放火騒動を知ってるか」

「はい」

　園田競馬場で観客が暴れだし、馬券売場に火を放ったのは二か月前のことだ。

　第十レースで大本命の馬がおおきく出遅れ、人気薄の馬が一、二着で波乱となった。それだけならよくあることだが、発売〆切直前まで七十倍あったオッズがレース確定後には十一倍にさがったことで、観客が八百長レースと騒ぎ立てた。

　この時代、地方競馬にかぎらず、公営ギャンブル場での八百長レースは頻繁に行なわれていた。関西で盛んな野球賭博も同様で、極道者が深くかかわっていた。

「あれは大村組の若衆が仕組んだ八百長や」

「園田競馬場は児玉組の島ですよね」

「大村組をふくむ幾つかの組が入ってるが、元締めは児玉組や。大村組の若衆は八百長を仕組んだあげく、児玉組から大量の馬券を買ったらしい」

「無茶なことを」

「そう思うやろ。喧嘩を仕掛けたのも同然やさかい、児玉組も黙ってなかった。観客を煽って暴動をおこし、精算をうやむやにした」

「それで、どうなりました」

「児玉組に投票したのは百五十万やが、元金プラス五百万で話がついた。あんまし騒ぎがおおきくなりすぎて、どっちも警察の介入を恐れた」

「和解したのなら……」

美山が手のひらを突きだした。

「そう単純やない。大村組はずいぶん以前から児玉組の島を狙ってる」

村上は美山を見つめた。

先刻から気になっている。

もしかして、美山は、児玉組との喧嘩をけしかけているのだろうか。

そう思ったのだが、美山はそれ以上、突っ込んだ話をしなかった。

食事をおえたあと、東門のクラブ・志乃《しの》に足を運んだ。

美山に連れて行かれたのが最初だが、そのとき席についた朋子にひとめ惚れし、男女の関係になったあとも月に二、三回かよっている。

奥のソファの中央に村上と美山が座り、美山に勧められて呼んだ孝太と新之助が両端にかしこまった。

ホステスが男の間を埋めた。

美山が女たちに声をかける。

「今夜は義心会の奢りや。なにを呑んでもかまへん。のう、ギイチ」

「はい。孝太も新之助も遠慮するな」

孝太と新之助が顔をほころばせた。

美山の正面に座る和服の女が怪訝《けげん》そうに首をかしげた。ママの志乃で、三十半ばの、品のいい美形のうえに、気風も面倒見もいいと評判の女である。

志乃がとなりの朋子に訊いた。

「義心会て、なんやの」

朋子が口ごもった。

すかさず美山が声を発した。

「なんやギイチ、ママに話してなかったんか」

村上は肩をすぼめた。

志乃が美山を見る。

「なによ」

「ギイチは松原組の若衆になって、自前の組を立ちあげた」

「こら、ギイチ」

志乃の甲高い声が響いた。

ママには初対面のときからギイチと呼び捨てにされている。

「なんで言わんのや。朋子、あんたもや」

志乃の手のひらが朋子の太股をぴしゃりと打った。

村上はあわてた。

「わずか六人の所帯やねん」

「それでもめでたいやないの」

志乃が支配人を呼んだ。

ほどなく、シャンパンが抜かれた。

乾杯をおえ、志乃が村上に声をかけた。

「お祝いはなにがええの。好きなん言い。何でも事務所に届けたる」

「いらんて」

「うちに恥をかかせる気か」

「兄貴」

村上は美山に助けを求めた。

「ママの気性はよう知ってる。気の済むようにさせとけ」

「あんた、見栄やプライドは男だけのものと違うんよ」

志乃にそう止《とど》めを刺されては苦笑するしかなかった。

客が来るたびにホステスが二人減り、四人去って、小一時間が過ぎたころは志乃と二人のホステスになった。朋子も席を離れた。

やがて美山はひと仕事おえたかのように口数を減らし、代わって、酔いがまわった孝太が甲子園競輪場での奮闘ぶりを披瀝《ひれき》しはじめた。

村上は、好きなように喋らせた。世間では仕事と認められなくても、孝太らにとっては初めて汗を流して得た稼ぎである。今夜ばかりは大目に見てやりたかった。

美山は上機嫌だった。自慢そうに謳《うた》う者を嫌う美山が鷹揚《おうよう》に構えた。

「おやっさん」

孝太が視線をよこした。

「つぎはどこへ行きますの」

「来週の木曜から西宮《にしのみや》競輪場へ行く予定です」

応えたのは新之助だった。出稼の段取りは新之助にまかせてある。

孝太が不満顔を見せた。

「競馬はあきませんの。週末の阪神《はんしん》競馬場とか、草競馬の園田とか」

「そう焦るな。年内は競輪だけにする。調子に乗るとろくなことにならん。資金も兵隊の数も充分にそろったら一気に攻める」

「自分らが集めた連中を若衆にしたらどうです」

「あかん。義心会は街のチンピラ集団と違う。へたなまねをさらしたら、義心会だけやのうて、うちのおやじさんに恥をかかせることになる」

「ふーん。やっぱりミーちゃんは見る眼があるんやね」

志乃が感心したように言った。

志乃は美山をミーちゃんと呼んでいる。

美山はそう呼ばれるのをよろこんでいるように思う。

「ギイチも筋目がわかってるやないの」

「俺がきっちり仕込んだ」

美山が澄まし顔で言った。

そのとき、カウンターのほうから朋子がやってきた。

うしろに若者を従えている。朋子の弟の政志《まさし》だった。

大学二年生の政志とは朋子を交えて夕食をしたことがある。

空手部に所属しているせいか、礼儀作法はわきまえているが、鼻っ柱が強く、これまでに幾度も街で喧嘩をしては朋子を困らせたという。

朋子がテーブルの前に立った。

「政志が挨拶をしたいって……」

「どあほ」

村上は怒鳴りつけた。

誰も口を挟まない。孝太と新之助は顔を強張らせた。美山は眉毛の一本も動かさずになりゆきを見ている。志乃も黙ったが、表情には余裕が窺えた。

政志の顔が青ざめた。

村上は容赦しなかった。

「ここは極道者の席や。おのれのような堅気の小僧が面をだすところやない」

「知らんふりするのも失礼やと……」

「そう思うのなら、俺の顔を見たとき逃げんかい」

「そないきついこと言わんかて」

朋子が割って入った。

村上は怒りを爆発させた。美山の存在さえ忘れた。

「おまえが甘やかすからあかんのや。そもそも学生が来る店やない」

「そんな怒らんといて。友だちの誕生日や言うから、カウンターで……」

「じゃかましい。ご託は要らん。はよう帰らせ」

朋子が顔を赤くして弟の手を引いた。

しばらくして、政志が扉のほうへむかった。同年代の男二人が一緒だった。

村上は、ポケットから二万円をとりだし、孝太に手渡そうとした。

それを志乃が奪いとり、政志のあとを追うように店を出た。

村上は美山に頭をさげた。

「白けさせてすみませんでした」

「気にするな。余興や」

美山が声高に言い放ち、笑みをうかべた。

第三章　空の涙

賭場は今夜も活況を呈している。

毎週土曜日に開く賽本引きの賭場は深夜まで人の出入りが絶えない。祭日前夜や客の集まりしだいでやるテラ麻雀も好調が続いている。

義心会の若衆たちは、常連客に競馬や競輪の予想紙を配ってまわりながら、賭場が立つ日時を伝え、麻雀をやりたい人がいれば電話で面子をそろえる。

やっていることは新聞販売員や保険の外交員と変わりないけれど、その甲斐あって、ノミ屋や賭場の常連客は確実に増えた。

だが、うかれてはいられない。

博奕好きの者が常連客でいられる期間は長くて五年、たいていの者はそれまでに遊ぶカネが底を突くか、借金で身動きがとれなくなる。

賭場に来る客は消耗品なので、多すぎて困るということはない。

義心会を立ちあげてからの二年間、村上義一は蓄財に励んだ。

――これからの極道社会はカネがものをいう。カネさえあれば人は集まる。人が集まれば組織としての格があがる――

村上は、美山の教えを忠実に守った。美山組舎弟として美山と行動を共にし、極道者のしのぎを身体で覚えたのもおおきかった。

極道社会が安定期を迎えていたのも新興組織にはさいわいした。

義心会を興した昭和四十四年は、全国で反安保・ベトナム反戦の嵐が吹き荒れた。警察当局はその対応に多くの人員を充てざるを得なくなり、三十年代後半から熾烈をきわめた警察の神俠会壊滅作戦は一時的な頓挫を余儀なくされた。

若衆は三人増えて八人になったが、それでも人手はたりず、競輪場へでかけるときは孝太らの人脈をつてにアルバイトを雇っている。彼らのなかには若衆になりたがる者もいるが、無闇に増やす気はなかった。

あと数年は資金面で松原組に貢献し、己の地位を高めることしか頭になかった。

義心会の名が売れれば若衆はおのずと増える。

村上はそう信じていた。信じているから迷いも不安もない。己の突き進む道は一本しか見えないのだから、心はゆれるはずがない。

そのうえ、美山の存在が精神面の負荷を軽くした。

「おこしやす」

背後に控える前田裕也と上野稔《うえのみのる》が声を発した。

村上の正面に座る新之助がふりむきざま腰をあげた。

角刈り頭にポロシャツ姿の長内次郎《おさないじろう》が隣室のドアを開けて賭場を覗いた。

スーツを着た中原啓介《なかはらけいすけ》は新之助がいた席に腰をおろし、顔面の汗を拭った。

どちらも兵庫県警本部刑事部捜査四課の主任で、階級は警部補である。

長内が中原のとなりに座るなり声をかけた。

「あいかわらず繁盛してるのう」

「おかげさまで」

「しけた罪状でおまえらをパクってもしゃあない。点数は稼げんしな」

マル暴の刑事は毎度おなじ台詞を口にする。どんなに馴れ合おうと、自分らが刑事で、極道者より風上に立っていると誇示しておきたいのだ。

義心会を立ちあげたさい、美山に長内を紹介された。自前の組を持てば警察とのつき合いが必要になるとの配慮からだった。長内はずいぶん以前から松原と親しくしていたらしく、その縁が美山へ、そして村上へとつながった。

中原とは長内が事務所に連れて来てからの縁で、まだ半年の関係だが、事務所に来る回数は彼のほうが圧倒的に多い。義心会の事務所を飲食店代わりに使っては、その都度、なにがしかの手土産を持ち帰る。

警察庁主導の下で神俠会壊滅作戦を展開していても、現場を這《は》いまわる刑事はそんなものだった。終戦直後から延々と続く警察と極道者の腐れ縁を断ち切れないので、暴力団どうしの抗争事件や、悪質な犯罪行為でないかぎり、強行捜査はしなかった。

もっとも、マル暴の刑事が賭博や些細な暴力事件を見逃すのは、見返りとしての内部情報に期待するからである。

逆に、極道者は親しい刑事から警察内部や同業者の情報を入手した。

中原が麦茶を運んできた稔に声をかけた。

「おまえは新人か」

「はい」

「歳は」

「二十歳で、上野稔と申します」

「なかなか行儀がええ。それなら懲役に行っても仮釈放は早いわ」

中原がだみ声で言い、にやりとした。

「ところで、稔くん。このくそ暑い夜は冷えたビールのほうがええやろ」

「すみません」

長内も声をかける。

「めしはあるか」

「きょうは駅弁を用意してます」

「上等や。それを二つくれ」

村上は、稔が立ち去ってから話しかけた。

「二人そろって……用がおますのか」

「まあな」

長内が表情を引き締めた。

「これだけ繁盛してるんや。よけいなことに手をださんほうがええぞ」

「なんの話やろ」

「とぼけるな。新開地《しんかいち》の中華屋に決まってる」

「おまえらは席をはずせ」

村上は、新之助に命じ、煙草に火を点けた。

幼なじみの尾崎英伸《おざきひでのぶ》が訪ねてきたのはひと月前だった。

彼の父親が経営する中華料理屋が立退きを要求され、地主との交渉役を頼まれた。昔の仲間で英伸だけが刑務所へ面会に来たこともあって、依頼を引き受けた。

「あれは、すぐにけりがつく」

「そうかな」

ふくみのあるもの言いが神経にふれた。

「あんたらには関係ない。民事不介入の原則や」

「しゃれたことを知ってるやないか。けど、ほんまに話し合いでけりがつくんか」

「どういう意味や」

村上は声を荒らげた。

長内は動じるどころか、不快な笑みをうかべた。

「鬼島組も簡単には退けん」

「あんなもん」

村上は吐き捨てるように言った。

鬼島組はかつての勢いを失くした。村上がおこした殺人事件のあと、神侠会との抗争に敗れて和議を申し出たことがたたり、全盛時に千人を超えた若衆は百人たらずに激減し、いまは新開地の一角で細々としのぎをする凋落ぶりである。

村上は、依頼を受けて数日後に先方の代理人の鬼島組と交渉を持った。

地主が提示した立退き料の増額に加えて、地主が建設を予定する総合レジャービルへの優先入居権の確約を立退きの条件にした。

相手の鬼島組若頭はかつての遺恨を口にせず、条件にも耳を傾けたので、あさって行なわれる交渉で示談が成立しそうな感触を得ていた。

長内が話を続けた。

「あの中華屋は二股かけてるようや」

「冗談を言うたらあかん。俺は委任状を持ってる」

「その委任状がもう一枚あるらしい」

「なんやて」

語尾がはねた。

「誰が持ってるねん」

「加治《かじ》組の親分や」

村上は眼を剝いた。

加治組を率いる加治康志《やすし》は神俠会の直系若衆である。西本組の幹部若衆としての期間が長かったせいで、美山と同時の昇格ながら歳は五十を過ぎている。

「びびったか」

「あほぬかすな。誰が茶々を入れようと関係ない」

「茶々やない。尾崎のほうから頼んだそうな」

村上は奥歯を嚙んだ。

いますぐ尾崎のところへ飛んで行き、真偽を確かめたい。

その思いを必死に隠した。

刑事の前での軽率な言動はあとの面倒を誘発する。

長内らとは友好な関係にあっても利害でつながっているだけのことで、ひとたび面倒がおきれば、敵になっても味方にはならない。

村上は長内を見据えた。

「そのネタ、誰に聞いた」

「言えんな。極道がらみのネタを集めるのはわしらの商売や」

「こっちは面倒をみさせてもらってる」

「えらそうに言うな。俺らの相手はおまえひとりやない。けど、おまえには世話になってるさかい、こうして教えに来たんや」

「おおきに」

村上は嫌味たっぷりに返した。

「おまえのことや。真相を確かめるやろが、無茶はするなよ」

「あんたの指図は受けん」

「相手はおまえの伯父貴で、しかも、西本組の出《で》や」

「それがどうした」

「おまえが加治ともめたら、松原組長が困る」

村上は顔をしかめた。

神侠会は身内どうしの抗争を禁止している。まして、村上がいる松原組と、加治の出身母体の西本組は神侠会の二枚看板である。

「いまの話、うちのおやじさんや美山の兄貴に話したのか」

「言うか」

弁当を食べおえた中原が顔をあげた。

「うちの上層部には、神侠会の内輪もめを待ち望んでる者がおる。一網打尽にして点数を稼ぎたいキャリア組やが」

「そうなるとあんたらも困るやろ」

「困るどころやない。俺には家のローンがぎょうさん残ってる。俺だけやない。神侠会が潰れたらマル暴刑事の半分は首を括るはめになる」

中原の真顔を見て、村上は吹きだした。

その直後、隣室がざわめいた。

賽本引きの賭場は熱気が満ちている割に静かで、洩れ聞こえてくるのは合力《ごうりき》の掛け声と、盆上のカネがおおきく動いたときのどよめきくらいである。

長内と中原が顔を見合わせ、腰をうかした。客が胴師の交替時に合わせて食事を摂り、用《よう》達《たし》を済ませるのを知っているのだ。

村上は、手元のバッグからちいさな祝儀袋をとりだした。

いつでも即応できるよう一万円と三万円を入れた二種類の祝儀袋を用意している。

今夜は三万円のほうを二人に渡した。

長内がさっとポケットに仕舞い、中原は相撲力士のように手刀を切って受けとった。

二人が去ってすぐ、賭場から数人の客がでてきた。眦をつりあげ、赤鬼のような顔の者もいれば、満面に笑みをひろげる男もいる。

客の山内哲二《やまうちてつじ》がアロハシャツの胸をはだけ、村上の正面に座った。

大村組の若衆である。

三か月前に東門のクラブで大村組の石黒と鉢合わせし、彼と同席していた山内に、あんたの賭場で遊ばせろ、と言われたのが悪縁の始まりだった。石黒と競輪場のしのぎを共有している手前、むげにはことわれなかった。

山内の悪評は耳にしていた。あちこちの賭場で借金をかさね、行儀も悪いので、どこの賭場でも嫌われているという。

山内が口をひらいた。

「十万ほどまわしてくれ」

「無茶を言うたらあかん。前回の三十万が残ってる」

村上は眼と声で凄んだ。

だが、山内はひるまなかった。

「心配するな。来週にはまとまったゼニが入る」

「先週もおなじ台詞を聞かされた」

「今度は大丈夫や。ええ値で話がついた」

山内はスケコマシである。喫茶店やキャバレーで働く女をたらしこんでは、温泉街に枕芸者として売り飛ばすか、浮世風呂で働かせて飯のタネにしている。

村上が黙っていると、山内が言葉をたした。

「風呂屋が百万の仕度金で引き受けてくれたわ」

国鉄神戸駅にほど近い歓楽街の福原《ふくはら》では、現在のソープランドを浮世風呂と称した。

「それならゼニを手にして遊んだらええ」

「たかが三十のツケで追いだすんか。あんた、石黒の兄弟の世話になってるんやろ」

「いちゃもんつける気か」

村上は顔を突きだした。

壁際に立つ裕也と稔がさっと動き、山内の左右についた。

山内が肩をおとし、背をまるめた。

「そうとがるな。身内みたいなもんやないか」

「そう思うさかい、穏やかに話してる」

山内が口をもぐもぐさせるうちに客の三人がやってきた。

「弁当はおますか」

その声で諦めたのか、山内が鼻を鳴らして立ちあがった。

山内が消えると、ソファに座った岸本《きしもと》が迷惑そうな顔で話しかけた。常連客のひとりで、三宮で焼肉屋を経営している。

「難儀させられてますのか」

「おたくらは心配せんでよろしい」

「あんな覚醒剤中毒《シャブチュウ》のおっさんがおったら賭場の雰囲気が悪うなるわ」

「覚醒剤中毒やて、わかりますのか」

「えげつない臭いやさかい」

覚醒剤の常習者は臭いでわかる。肉の腐ったような饐《す》えた臭いを放つ。

「それに……」

となりの男が言いかけてやめた。衣料品店の主人で坂上《さかがみ》という。

「なんぞ、おましたのか」

「いや」

「話したほうがええて」

岸本の言葉を受けて、坂上が横を見た。

端に座るカメラ屋の土井《どい》がうつむいた。

「なんですの。なんかあるのなら、はっきり言うてくれんと」

ややあって、坂上が口をひらいた。

「さっきの男が土井さんにゼニを借りたんや」

「それも威し半分やった」

岸本が言い添えた。

村上は一気に熱くなった。

それでなくても、長内の話ではらわたは煮えくり返っている。

「新之助っ」

村上の怒声が空気をふるわせた。

「孝太と替われ」

滅多に動じない新之助が転がるようにして賭場に走った。

「岸本さんと坂上さんはしばらく賭場にいてください」

岸本と坂上が賭場へ戻り、代わりに、孝太があらわれた。

新之助に耳打ちされたのか、顔が青ざめていた。

村上は立ちあがった。

拳が顎の先端を捉え、孝太が膝から崩れた。間髪を容れず、脇腹を蹴りあげた。

「腐れ外道に好きなようにされて。それでも義心会の若頭か」

「すみません」

声はかすかに聞こえる程度だった。

村上は、孝太を見据えたまま声を発した。

「裕也っ」

「おすっ」

「こいつを病院に運べ」

孝太が顔を左右にふる。

「顎がはずれたやつなど商売の邪魔になるだけや」

裕也が孝太の腕をとった。

「どあほ」

怒鳴りつけ、裕也の腰を蹴飛ばした。

「おどれら、おかまか。みっともないまねさらすな」

村上はおおきく息をつき、視線を土井にむけた。

土井の顔はふるえていた。

「ゼニの無心をされたのは今夜が初めてですか」

「えっ、ええ」

「なんぼですの」

「五万……」

村上はバッグの札束を手にし、十万円を土井の前においた。

「肩代わりさせてもらいます。残りはお詫びの印として納めてください」

「そんな……五万で充分です」

「俺の気が済まんさかい。このとおりです」

村上は深々と頭をさげた。

「やめてください。会長さんにそんなことされたら……それに、かえって若頭にも迷惑かけて……若頭も合力の人もカネのやりとりを見てなかったんです。あの男は気づかれんように声をかけてきたさかい」

「関係ありません。お客さんが楽しく遊べるよう、どんな些細なことも見逃さんように眼を配るのがあいつらの仕事です」

「わかりました」

土井がテーブルに手を伸ばした。

村上は稔に声をかけた。

「岸本さんらをお呼びして、食事の用意をせえ」

神戸では、元日の午前零時を迎えると、港に停泊する船舶が一斉に汽笛を鳴らす。澄み切った夜空をゆらすそのひと時だけが、村上の心を和ませた。

子どものころ、それを合図に家族そろって近くの神社へ初詣にでかけた。中学生になってからは、学友と顔を合わせるのがいやで、妹の佳美を連れて、南北朝時代の武将・楠木正成《くすのきまさしげ》が祀られる湊川《みなとがわ》神社まで遠出した。

マンションの自室から神戸港の夜景を眺めるたび、そんなことを思いだす。

半年ほど前、朋子にせがまれて王子《おうじ》動物園の近くに部屋を借りた。

母親の病状がずいぶんよくなって時間的な余裕ができたせいか、朋子は心のゆとりを求めだした。一週間にひと夜の外泊であっても、朋子の表情はラブホテルにかよっていたころとは別人のように穏やかになった。

村上も部屋を気に入っている。朋子との逢瀬のために借りたつもりだったが、最近ではしのぎや用事がないときもふらりと足をむけている。

ソファに身体を横たえてひと時の静寂にひたることもあれば、今夜のようにぼんやりと街を眺め、過去の欠片《かけら》の追憶に耽《ふけ》ることもある。

俺は極道者なのだろうか。

ふと、村上は思った。

些細な面倒事が続発し、それなりの緊張感はあっても、美山に憧れ、悪ガキのころ思い描いた極道の世界に生きている気はしない。

美山組の舎弟になってからの四年間はひたすらカネを稼ぐことに専念した。極道の看板を背負っているからできるしのぎなのはわかっていても、やることは商売人とおなじで、賭場のしのぎが汚れたカネとは思わない。

美山が言う、あぶくゼニの値打ちもわからないまま、いまに至っている。

極道者になって変化があったとすればガキのころの心の捩れが直ったことか。

世間に対して卑屈になることも、妬むこともなくなった。

だが、それはカネに余裕があるからで、突き詰めれば、若衆や賭場の客に恵まれているおかげである。極道を辞めてしまえば、そうでなくても、若衆や客が寄りつかなくなれば、また心の疵《きず》が疼《うず》きだすかもしれない。

これから先もいまと変わらぬ日々が続こうとも、胸にへばりつく黴《かび》のような疵が剝がれ落ちることはないような気がする。

なにも変わっていないのか。

見かけは変わろうとも、人の本性は変わりようがないのか。

ため息をつき、意識を外へ向けた。

変わらない風景がひろがっている。

昼も夜も、灼熱の陽射しを浴びても、雨が降りしきっても、神戸の風景は美しい。

それでも、この街には溝板長屋《どぶいたながや》が点在している。胸裡《きょうり》には、いまも母と妹が住む、繁栄の時代からとり残された風景がある。

ときおり事務所に電話をよこす佳美によれば、あと二年で還暦を迎える母は元気に料理屋の下働きをしているという。

もうそろそろ、おふくろは会ってくれるだろうか。

秋の到来を感じさせる夜風が郷愁の念をくすぐった。

「なに考えてんの」

耳元で声がして、ふりむいた。

斜めうしろに朋子が座っていた。

黒い瞳にやさしい光を湛えている。酒のせいか、頰がほんのり赤かった。

「おまえのことや」

「嘘やね」

朋子が眼元に笑みを走らせた。

「なにがおかしいねん」

「うち、ここに五分も座ってるんよ」

「声をかけんかい」

朋子がベランダに出て、両腕をひろげた。

「ほんま気持ちええわ」

朋子が黄色のフレアスカートをひるがえした。

「なに考えてたか、あてよか」

「言うてみい」

「おかあさん」

「なんでそう思うねん」

「あんたが親不孝してるからや」

村上は、しばし朋子を見つめ、視線をあげた。

濃紺の空に、星がふるえながら光っている。

空の涙か。

——おまえ、おふくろさんの涙、見たことあるか——

美山の声がよみがえった。

「うちな」

朋子の声に視線を戻した。

「やっと観念したわ」

「なんの話や」

「あんたとは別れへん」

「いまごろ、なにぬかす」

「ずっと後悔してた。どうやって別れようか。それぱかり考えてたときもあった」

「俺が極道者やからか」

「そうや。うちひとりならええけど、おかあちゃんも弟もおる。あんたが事件でもおこしたら、二人に迷惑かける」

「いまさら……俺が人を殺めたのは知ってるやないか」

「昔のことはええねん」

「こわかったやろ」

つい、声になった。

初めて抱いたあとも、朋子が自分の女になったような気がしなかった。

なにかと理由をつけて誘いをことわる朋子の胸のうちをさぐっていた。

思い至るのは自分が極道者で、しかも殺人者という事実だった。

「ほんまは……」

朋子の声が沈んだ。

「あんたに人を殺したことがあるて告白された夜……逃げだしたかった。人殺しの手で抱かれると思うたら鳥肌が立った」

「………」

どうして逃げなかった。

そう訊けなかった。

「けど、なんでかわからんけど、さわられてるうちに愛《いと》しくなって……変やね」

「………」

村上は思いきり抱きしめたくなった。

朋子がやさしく笑った。

「なあ、これから先の話しよう」

「いやになったら言え。きれいさっぱり別れたる」

「あほ。あんたはほんま、女の心がわかってへん」

「わかるか」

村上はとまどっていた。

朋子が両膝に手をあて、身体を折った。

笑顔が接近する。

「この部屋、借りてよかったやろ」

「まあな」

「素直やないね。ここにいるときのあんたの顔……うち、一番好きや」

「あほくさ。さっさと飯を食わせろ」

「ご飯のスイッチは入れてある。あとは餃子を焼くだけや」

スキップを踏んで、朋子が脇をすり抜けた。

朋子の好きなシャネルNO・5の香りがあとに残った。


玄関の上の看板は埃《ほこり》を被っている。

鬼島組の本部事務所は国鉄神戸駅と湊川神社のなかほどにあった。

間口のひろい、どっしりとした木造二階建ての事務所はかつての武勢の面影を残してはいるが、初秋の西陽を浴びる家屋は薄ら寒く感じた。

村上は、鬼島組の若衆に案内され、応接室に入った。

同行させた新之助と裕也は車中に残した。

村上は、滅多に孝太を連れてでかけない。突発的な事態を想定してのことで、自分の身に何かあれば、義心会を孝太に委ねなければならないからだ。

外出のさい、いつも傍にいるのは、運転手兼ボディガードの五郎である。

ほどなくして、鬼島組若頭の木谷昇《きたにのぼる》があらわれた。

喫茶店で会った前回とは表情が異なり、余裕らしき笑みをうかべている。

木谷がソファに腰をおろし、二人の若衆が木谷の背後に立った。

村上は挨拶を省いて口火を切った。木谷の面構えがそうさせた。

「先だっての返事を聞かせてください」

「あれか」

木谷が焦すように首をまわした。

「あれは、あかん」

「どういう意味です」

「あんたとは交渉せんことにした」

「なんでや」

「尾崎から聞いてないんか」

「聞いてません。聞いても納得できん」

「そう言われてもな」

「舐めたらあかん」

村上は眼に力をこめた。

おととい、長内と中原が事務所を去ったあと、一応の腹は括った。

長内がでたらめを言うとは思えなかった。加治組も委任状を持っているのなら、尾崎英伸に真意を問い質すより先に、木谷との交渉を進めたほうが得策と考えた。

「俺は委任状を持った代理人や」

「おい」

木谷が半身に構えた。

「言葉がすぎるで」

「納得できる説明をせんからや」

「してやる」

木谷が上着の内ポケットの紙切れをテーブルにおいた。

冒頭に、公正証書、とある。

家主と店子との、立退きに関する交渉権を加治康志と木谷昇に委ねる。

その文面の末尾に家主と尾崎忠光《ただみつ》の署名捺印、それに公証人の名前がある。

公正証書が作成されたのは三日前だから、長内は公正証書の存在を知って間もなく義心会の事務所を訪ねてきたのだろう。

「俺をのけ者にするために、わざわざこんなもんをこしらえたんか」

乱暴なもの言いになった。だが、まだ我慢のうちだ。

「これがまともな交渉事や」

「返事になってへん」

「きっちり言うとく。あんたは俺の兄貴の命《タマ》を獲った男や。先だってのことは交渉やない。あんたの面をこの眼で見たかったんや」

「見栄、張るな」

「なにっ」

「加治組に威されたんやろが」

「あほな」

「加治組の条件を教えろ」

加治組が自分より低い条件を提示したとは思えない。民間企業なら競合相手に仕事を奪われないよう低い条件を提示するが、極道者は違う。競合相手より高い条件で交渉を成立させて己のプライドを満足させようとする。

「言う必要はない。もう帰れ」

木谷が腰をあげた。

村上も立ちあがり、木谷に鼻面を合わせた。

「俺は退かん」

「泣き事は加治組に言え」

「筋が違う。始まりは、俺とあんたや。誰にも邪魔はさせん」

村上は眼光を飛ばした。

木谷の双眸《そうぼう》がゆれる。

「また来る」

村上はくるりと背をむけた。

ラブホテルの薄暗い一室に、罵声と悲鳴が交錯した。

汚れた絨毯の上を若者がのたうちまわった。かつての悪ガキ仲間の英伸である。

裕也が力まかせの蹴りを連発した。

そのたびに英伸の身体がはね、顔は苦痛に歪んだ。

午後十一時を過ぎている。裕也と五郎は、営業が終了した直後の中華料理店に乱入し、尾崎親子を攫《さら》った。

英伸の父の忠光は、寝巻きの紐で縛られてベッドに転がっている。

その脇に新之助がいて、五郎はドアロに立っている。

裕也が英伸を起こした。

村上は中腰で英伸に顔を近づけた。

「おまえに裏切られるとは思わなかった」

「そんなつもりは……」

「じゃかましい」

右の拳を打ちおろす。

ぐしゃと鈍い音がした。唇が切れ、鮮血が飛び散る。前歯が欠けおちた。

すでに英伸の顔は醜く腫《は》れあがっている。

だが、容赦はしない。友に裏切られた思いが憎悪を倍加させた。相手が刃向かってこないのがよけい神経にさわる。心の空虚はなかなか憎悪で埋めきれなかった。

なおも拳を構えた。

英伸が両手のひらを顔の前にひろげる。

「おやじが威されて……どうしようもなかった」

「誰に威された。加治組か」

英伸がぶるぶると顔をふった。

違うのか。言えないのか。

判断がつかなかった。

「言うな」

甲高い声が響いた。

裕也が素早く動き、父親を息子の傍らに引き摺ってきた。

村上は忠光を見据えた。

「誰や」

「……………」

「加治やな」

返事がない。

自分を見つめる眼が否定しているように見えた。

「加治組やないのなら誰やねん」

「言えん。言うたら店も家も奪《と》られる」

「命《タマ》はどうや」

「えっ」

忠光が眼を見開いた。

村上は裕也に命じた。

「このおっさん。六甲山《ろっこうさん》に埋めてやれ」

「おすっ」

裕也と五郎が忠光の両腕をかかえる。

「ま、待ってくれ」

英伸が叫んだ。

「やめとけ」

忠光が息子に怒鳴った。顔から怯《おび》えの色が消えた。

「こいつらも極道者や。泣いてすがっても助けん」

村上は、英伸に煙草をくわえさせ、火を点けてやった。

英伸が顔をしかめながら紫煙を吐く。口のなかは傷だらけなのだ。

「のう、ヒデ。なんで俺をだました」

「そんな気はなかった」

「それなら、洗いざらい喋って、俺を納得させろ」

「おやじを助けてくれるか」

「おまえはほんまのダチや。昔の仲間で面会に来たのはおまえだけやった」

「頼む。おやじを……」

「むだ……」

忠光の声は途切れた。

裕也の膝蹴りを食らい、忠光がうずくまる。

「やめろ」

英伸が父親のほうに動こうとする。

村上は英伸の首を押さえた。

「白状せえ」

英伸が咽《のど》を鳴らし、やがて口をひらいた。

「高木《たかぎ》さんや」

蚊の鳴くような声だった。

「なにっ」

語尾がはねあがった。思いもよらぬ名前だった。

「高木組の組長か」

「そうや」

村上は唸った。唸るしかなかった。

長田《ながた》区に本拠をおく高木組の高木春夫《はるお》組長は古参の直系若衆である。神俠会の資金源といわれた芸能興行を仕切っていた者のなかで彼だけが堅気にならなかった。幹部会に名を連ねていないが、神侠会の穏健派を束ねる実力者である。

村上は顔を見知っている程度で、挨拶すら交わしたことがなかった。

気が重くなりかけた。

それを知ってか知らずか、英伸の舌がまわりだした。

「おやじが高木さんにカネを借りてる」

「高木さんがいちゃもんをつけたのか」

「仲裁に乗りだしたのは加治組の親分や。高木さんに頼まれらしい」

「俺に相談する前か、あとか」

「もちろん、あとや。信じてくれ。俺はことわったんや。けど、おやじが高木さんをこわがって……店と家を担保にとられてるさかい」

「なんで俺に相談せんかった」

「口止めされた。加治組と鬼島組の話がつくまで喋るなと」

「高木さんは俺が動いてるのを知ってたわけか」

「わからん」

「ほんまやな」

「嘘やない。頼む、おやじを助けてくれ」

「まだ早いわ」

村上は腰をあげた。

ベッドの端に腰をかけ、受話器を手にしたときだった。

新之助に声をかけられた。

「おやっさん」

「なんや」

「どなたに電話されますの」

「美山の兄貴や」

「待ってください」

新之助が見たこともない深刻な顔をした。

村上は受話器を元に戻し、新之助を連れて浴室へむかった。

「なんで止めた」

「松原組長に話されるのが筋やと思います」

「俺に指図する気か」

「そんなつもりはありません。けど、高木組も加治組も本家の直系です。おやっさんがどう動くにしても、組長をないがしろにはできません」

「わかってる。そやから、まずは兄貴に相談しようと思うたんや」

「おやっさんが相談されたら、美山の伯父貴は必ず何らかの手を打ちます。そうすれば、松原組長の面子が潰れるかもしれません」

村上は首を傾け、新之助を見つめた。


テーブルにロックグラスがある。

ついさっきまで、その前に孝太が座っていた。

無言の乾杯のあと、孝太はグラスをひと息に空けた。それから、ぎこちない手つきで油紙に包まれた二丁の拳銃を懐に収め、ふわっと立ちあがった。

表情は硬く、唇は色を失くしていた。

孝太の仕種のひとつひとつに感情のゆれが窺い知れた。

あと一時間もすれば西の空に銃声が轟く。

だが、それですべてがおわるわけではない。

さらなる面倒がおきるのは火を見るよりあきらかである。

ソファに身体を預け、深く息をついた。

めまぐるしい半日だった。
尾崎親子を監禁したホテルからタクシーを飛ばして松原の自宅を訪ねた。
松原は不在だった。
自室に戻って、松原からの連絡を待った。
午前一時に電話が鳴った。
村上はこれまでの経緯をくわしく話した。
返ってきた言葉は短かった。否も応もない、命令であった。

《鬼島組に弾を飛ばせ》
「ええのですか」
《極道者がイモを引いたらおしまいや》
「はい」
《けど、高木と加治のほうはちょっとのあいだ辛抱してろ》
「…………」
《聞いてるんか》
「はい」

《身内との喧嘩には名分が要る。きっちり事実を確認せな、おまえが潰される》

「当事者の身体を押さえています」

《そんなものが何になる。加治はともかく、高木が白を切ればそれまでや》

「どうされるのですか」

《わいにまかせえ。悪いようにはせん》

「……」

《ええな、ギイチ》

「わかりました。よろしく頼みます」

松原とのやりとりを反芻《はんすう》しては、やるせないため息を洩らした。

義心会の、初の危機に直面しながら、己の意思で動けない苛立ちと不満がある。

その裏側で、松原の言葉に安堵《あんど》する別の自分がいる。

村上は、ジャックダニエルをロックであおり、煙草をくわえた。

「どうしたん」

声に反応し、半身をひねった。

リビングの入口に朋子が立っていた。

「おまえこそどうした」

「うちな、遠まわりやけど、いつもこのマンションの前を通って帰るねん。そしたら窓に灯が見えたさかい、タクシーを降りたんよ」

朋子が正面に座り、顔を近づける。

「なにかあったん」

「孝太の女を覚えてるか」

「新世紀《しんせいき》で働いてる小百合《さゆり》やろ」

ドーム式のマンモスキャバレー・新世紀は東門の南端にある。

二か月ほど前、村上は、朋子と孝太と小百合の四人で食事をした。

孝太に拝み倒されて小百合に会った。二十歳の小百合は控えめで、あどけなさの残る娘だった。孝太には上出来で、清廉そうな女に惹かれる孝太の心中はわからぬでもなかった。いまも心の片隅に病弱だった母親の面影が残っているのだろう。

「あの子がどうかしたの」

「志乃で使えんかな」

「あの子ならママもほしがると思うけど」

「おまえが面倒みてやれ」

朋子の眼がまるくなった。口もまるまり、声になるのに間が空いた。

「あんた、まさか……」

「孝太は旅にでた」

「なんで」

「おまえは知らんでええ。それより、あの子を頼むわ」

「めずらし……あんたが頼むやなんて」

「懲役に行く若い者は女のことばかり考える」

「あんたもそうやったの」

「俺は女がおらんかった」

刑務所の夜は長く感じた。福原の浮世風呂以外で女にふれた経験がなくても、若い肉体は女を求めた。消灯のあとの、ベッドに転がってからの悶々とした時間は、出所後のことを思いながら無理矢理やり過ごすしかなかった。

孝太はつらい日々を送るだろう。ガキのころから硬派を気取っていた孝太が初めて女に惚れた。その女とわずか数か月で離れて暮らすはめになるのだ。

「孝太ひとり」

「新人の稔も一緒や」

「その子に彼女はおらんの」

「そうらしい。岡山の実家の母親と妹の面倒は俺がみる」

「わかった。まかしといて」

朋子が胸を反らした。

「やっと極道者の女やて実感が湧いてきた」

「はあ」

「あんたの子がほしくなった」

「やめとけ。極道者のガキに生まれたら苦労する」

村上は真顔で言った。

父は酒と博奕を好んだけれど、家族を粗末にしなかった。母も妹も身内を大切にし、それは村上もおなじだった。

しかし、それは家のなかだけのことである。

一歩そとに出れば、心はすさんだ。同和地区出身者への他人の眼は蔑むようにつめたく感じられた。彼らの眼差しにおびえ、反撥しながら生きた。

自分ではどうしようもない出自に加え、極道者を父に持つ者の生きる道はさらに狭まるはずである。その不安が朋子との将来に翳をさしている。

テーブルの下の電話機が鳴った。

すばやく受話器をとった。

「俺や」

《すぐに事務所に戻ってください》

新之助の声は硬かった。

「どうした」

村上は平静を装って訊いた。

《若頭と稔が県警本部に自首したそうです》

「そこに警察が来てるのか」

《いえ。たったいま、長内さんから電話がありました》

「皆を集めろ。すぐに戻る」

《あの親子はどうします》

「まだ放すわけにはいかん。若い者ひとり行かせて、五郎を戻せ」

四人の若衆の表情はさまざまだった。

顔を紅潮させる者もいれば、視線の定まらない者もいる。あまり感情を露にしない新之助をふくめ、皆が緊張していた。

村上は、空席の左どなりに視線をやったあと、口をひらいた。

「新之助に聞いたと思うが、孝太と稔が鬼島組に弾を飛ばした」

「おやっさんの指示ですか」

正面の五郎の声には怒りがにじんでいた。

「あたりまえや」

「なんで、若頭ですの。自分らでは頼りにならんのですか」

「五郎。口がすぎる」

村上のとなりにいる新之助が声を荒らげた。

だが、五郎は退かない。身を乗りだすようにして新之助に突っかかった。

「ガラス割りは若頭の仕事やない」

「おやっさんなりの考えがあってのことや」

「けど……」

「やめえ」

五郎の胸のうちはわかる。自分が指名されなかったのが不服なのだ。

「のう、五郎。気に入らんのなら盃を返したる」

「そんな……」

五郎が声を詰まらせた。

「孝太にやらすしかなかった。孝太も男らしく引き受けた。それがすべてや」

「稔は」

篤が小声で言った。

自分との縁で義心会の若衆になった稔を案じているのだろう。

「かち込みは二人ひと組と決まってる。稔は運転手や」

「稔は拳銃《チャカ》を弾いてないのですか」

篤の表情がわずかに弛んだ。

村上は頭にきた。

「拳銃《チャカ》なしでかち込むあほがおるんか」

「す、すみません」

「ほかに訊きたいやつは」

「おやっさん」

五郎が声を発した。顔には不満の色が残っている。

「高木組と加治組はどうしますの」

端に控える新人が顔を引きつらせた。直系若衆の名前を聞いて驚いたようだ。ここにいる者で事件の経緯を知るのは新之助と五郎である。

「おやじさんにおまかせした」

「……」

「ええか、ですぎたまねはするな。鬼島組と違って、高木組と加治組は身内や。へたに動けばおやじさんに迷惑をかける」

五郎が力なくうなずき、代わって、新之助が口をひらいた。

「鬼島組の報復はあるでしょうか」

「そのつもりで準備せえ」

村上は、茶をすすって言葉をたした。

「きょうから新之助を若頭代行、裕也と五郎を若頭補佐にする」

「おすっ」

五郎にいつもの元気が戻った。

村上は、新之助に視線を据えた。

「ええな」

「精一杯、若頭の代わりを務めさせてもらいます」

新之助がきっぱりと応え、皆に声をかけた。

「義心会にとって初めての難局やが、自分らがじたばたしてたら若頭に申し訳ない。ここは腹を据えて義心会を護ろう」

「おすっ」

五郎に続き、ほかの二人が声をそろえた。


美山勝治はパジャマ姿で待っていた。

怒っているふうはなく、緊張の欠片も感じられなかった。

葺合区の高台にある美山のマンションを訪ねたところだ。

午前三時になろうとしている。

三十分前に美山から電話があった。

長内警部補の一報で、孝太らの発砲事件を知ったという。

「おまえ、よほど鬼島組と相性が悪そうやな」

村上は苦笑を返した。

「なんで、俺に相談せんかった」

「兄貴にご迷惑はかけられません」

「事情を説明しろ」

村上はこれまでの経緯を話した。

ただし、高木組の関与は伏せた。松原から、たとえ美山であっても高木の名前はだすな、ときつく命じられた。理由は知らない。それを訊くのを許さない口調だった。

「おまえが悪ガキのころの仲間の、あの尾崎か」

「はい、ヒデです」

「あいつがどうして手のひらを返した」

「本人は加治組に威されたと」

「弱みでも握られてたのか」

「そこまでは……」

語尾が沈んだ。真実のすべてを話せば、松原にそむくことになる。

村上は話題を変えた。

「それより、孝太はどうしてますか」

「心配いらん。個人的な怨みと言い張ってるようや。鬼島組の連中も心あたりがないの一点張りらしい。このままならおまえのところまで捜査は届かん」

「鬼島組の動きが気になります」

「そっちは、もう済んだ」

「はあ」

「さっき、松原の伯父貴と電話で話した。かち込みから一時間も経たんうちに、鬼島組の親分から電話があったそうな」

「どういうことです」

「和議の申し入れや。鬼島組には昔の体力もカネもない。いまの親分は四代目やが、老舗の看板を護るので精一杯やろ」

「うちに詫びを入れたら、加治組が怒りませんか」

「伯父貴もそっちを心配してた」

「兄貴は加治組の組長と親しいのですか」

「二、三度、一緒に呑んだことがある」

「西本組の出とか」

「俺が駆けだしのころは西本組の跡目を継ぐと見られてた。ところが、広島との戦争で懲役に行ってるあいだに五十嵐の兄弟が頭角をあらわしたこともあって、西本若頭は、放免祝いの名目で加治さんを本家の直系若衆にした」

「つまり、体《てい》のいい飛ばしですか」

「ようある話や」

「組のために働いて……たまりませんね」

「同情してどうする。加治組は五十人たらずの所帯やが、喧嘩好きがそろってる。鬼島組の出方しだいで、おまえに拳銃《チャカ》をむけるかもしれん」

「心構えはできてます」

ありたけの虚勢を張った。勝てる見込みのない喧嘩でもそう言うしかない。

美山が薄い笑みをうかべた。

村上は胸のうちを見透かされている気分になった。

「俺も伯父貴も、おまえを見殺しにはせん」

「ありがとうございます」

美山が満足そうにうなずいた。

「話は変わるけど、伯父貴に呼ばれ、俺と五十嵐を幹部会に参加させると言われた」

「兄貴が本家の若頭補佐になられますのか」

「そんなうれしい話やない。若頭が懲役に行かれて幹部会のメンバーが半分になったさかい、一時しのぎの処置や」

「五十嵐さんは」

「若頭の代理や」

「それでも、ええ話やないですか」

「ほんまにそう思うんか」

美山が声に凄みをきかせた。

村上は応えようがなかった。

「幹部会の勢力の均衡を図る。伯父貴はそう言うが、勢力を伸してる大村・谷口連合を押さえ込む思惑があるのやろ」

それくらいはわかる。

本家の四代目就任が確実視される西本ばかりか、西本の両腕といわれる神戸の矢島と大阪の赤井も獄中の身なので、幹部会は反主流派のほうが数で勝っている。

五十嵐と美山が幹部会に参加すれば、中立の立場の松原と美山、徳島の佐伯と五十嵐、大村と谷口で、一応の均衡は保てる。

「うちのおやじさんの考えですか」

美山がゆっくりと顔をふった。

「会長の意向ですか」

「会長から伯父貴に話があったそうやが、おそらく西本若頭の知恵やな。若頭の仮釈放は早くてあと一年半……満期なら二年かかる」

「矢島組長と赤井組長はそろそろでてこられるのでは」

「おまえやから話しておくが、あと半年ほどで出所できる赤井さんが大阪府警宛に組の解散届を出すという噂が流れてる」

「ほんまですか」

「たぶんな」

村上には信じられなかった。

赤井組は昭和三十年代におきた一連の抗争で名をはせた武闘軍団で、西本が四代目になれば、赤井が若頭に就くと、組織内でささやかれていた。

「若頭も不安になってるみたいや」

「兄貴にとってはチャンスでしょう」

「でる杭は打たれるいう格言もある。直系若衆のなかには神俠会の全国進出で貢献した先輩が何人もおる。それに比べて、俺は本家への貢献度が低い」

「逆に、将来性を買われてるとも言えます」

「あまいわ。御輿《みこし》に乗せられるのなら勝負にでてもええが、五十嵐の兄弟が幹部会に参加するための付添い役などいらん」

「ことわったのですか」

「ああ。代わりに高木さんを推した」

「高木さんを……」

思いもよらぬ名前を聞いて、血流が止まりかけた。

尾崎英伸の話を聞くかぎり、村上が尾崎の代理人として鬼島組と交渉しているのを承知のうえで、高木は加治組を動かしたことになる。

釈然としない思いが強くある。これまで高木組や加治組との接点はなく、まして、反感を買う覚えはまったくなかった。

美山が怪訝そうな表情を見せた。

「高木さんとつき合いがあるのか」

「いえ、まったく。兄貴が高木さんと仲がいいのも知りませんでした」

「この一年ほどの仲やけどな」

高木は自分と美山の仲を知っているのか。

その疑念は胸に隠した。

「どんな方ですの」

「なかなかの人物や。三代目の直参でな。以前は裏方の仕事に徹してたさかい、めだった活躍はしてないが、幹部になってもおかしくない人や」

「うちのおやじさんとは近いのですか」

「それほどでもない。高木さんは穏健派のリーダーやから、大村組や谷口組とも、西本若頭とも距離をおいてる」

「それやのに、兄貴は……」

「前にも言うたはずや。極道者はここも使わなあかん」

美山が自分の側頭部を指さした。

「これからの神侠会は、高木さんみたいな人が必要になってくる」

「………」

「まあ、ええ。今度、機会を見つけて紹介したる」

「よろしくお願いします」

親しくなりたいとは思わないが、どんな男なのか、確かめたい気はある。

「義心会のほうは大丈夫か。孝太がおらんようになるから若衆を増やしたらどうや」

「孝太の代わりは誰も務まりません。クズを集めてもいざというとき役に立ちません」

「おまえはクズやないのか」

村上は、思わず美山を睨みつけた。

初めての、美山への反抗であった。

「世間からはみだしてる極道者は、皆、クズや」

「堅気の連中もおなじやと思います。クズでおわりたくないから地位や名誉を……兄貴も言うたやないですか。極道者になるのならてっぺんをめざせと」

「てっぺんにのぼりつめても、クズであることは変わらん。世間様の見る眼も変わらん。そやからせめて、己の代紋を磨けと言うてる。代紋の値打ちは力と数や」

村上は歯ぎしりした。

政治の世界も経済界も似たようなものでしょう。

そう言えないのは自分がクズであるのを認めているようで悔しさが募った。

第四章　師走の決意

玄関の上で、黒地に金色の代紋が輝いている。

その下に、江戸文字で西本興産とある。ショベルカーなどの土木機器をレンタルする会社で、西本組の合法的な資金源になっている。

鉄筋三階建ての一階が西本興産、二、三階は西本組の本部事務所である。

村上義一は、夜空にむかっておおきく息をつき、扉を引き開けた。

五人の男が一斉に立ちあがった。

「村上です」

「お待ちしておりました」

若衆のひとりが丁寧に応えた。

「申し訳ありませんが、身体を検《あらた》めさせてもらいます」

「ええから、あがってもらえ」

頭上から野太い声がした。

階段の上に五十嵐健司が立っている。

村上は、彼の笑顔を見て頬を弛めた。

「ご無沙汰してます」

「おう。ひとりか」

「はい」

二階にあがり、応接室のソファで五十嵐と正対した。

五十嵐の後ろに二人、ドア口にも二人の若衆が立った。

「呼びつけて、すまんかった」

五十嵐から義心会事務所に電話がかかってきたのは午後八時のことだった。

「とんでもありません」

「どうや。警察の動きは」

孝太と稔が自首して三日が経った。

「孝太らが頑張ってるおかげで、なんとか切りぬけられそうです」

「なによりや」

「ご心配をおかけして、申し訳ありません」

「代行に聞いたが、鬼島組のほうはまるく収まったそうやな」

五十嵐は松原を代行と呼ぶ。

「おかげさまで。きのうの夜、松原組の事務所で鬼島組の若頭と和解しました」

村上は、約束を反故《ほご》にした詫び料として百万円を受け取り、尾崎親子を解放した。

「それでも、腹の虫はおさまらんのやろ」

「納得はしていません」

「加治組にか。それとも、高木さんにか」

「横槍を入れたのは高木さんやそうです」

「加治さんの話とは違うな」

五十嵐の口調は穏やかでも威圧を感じた。

「会われたのですか」

「元は俺の兄貴分や。加治組は俺にまかせてほしいと代行に頼んだ」

「ご面倒をおかけしました」

「おまえには旨いもん食わせてもろうたからな」

五十嵐が眼で笑った。

すこしずつ緊張がほぐれていく。前回会ったときもそうだった。

「加治さんの言い分では、己の島内で義心会が挨拶もなしに勝手なまねをさらしてたさかい腹が立ったそうや」

「それは……」

「まあ、聞かんかい。俺も、尾崎とかいうやつの話はほんまやと思う。けど、加治さんが高木さんの関与を否定してるんや」

「どうしてですか」

「そうせなあかん理由があるんやろ。代行の話では、高木さんも否定してるらしい」

「うちのおやじさん、高木さんと話されたのですか」

「ああ。鬼島組など端《はな》から喧嘩にならんが、高木組と加治組が相手では面倒になる。かというて、自分の若衆がこけにされて黙ってるお方やない。代行はかなり詰め寄ったそうやが、高木さんは最後まで白を切ったそうな」

「知りませんでした」

「代行はいちいち口にせん」

「わかってます」

「代行と俺が動いて……それでも納得できんのなら、好きにさらせ」

五十嵐の声が強くなった。

「けど、相手が加治組にせよ、高木組にせよ、喧嘩する気なら松原組の代紋をはずせ。男が筋を通すのに看板は要らん」

「お二人におまかせします」

「よし。これから俺につき合え」

五十嵐が立ちあがる。

「どちらへ」

「加治さんと呑む」

村上はあっけにとられ、ややあって背をまるめた。

ここまでのやりとりが儀式だと悟った。


美山勝治は、思案げな顔でホテルの喫茶室に入った。

松原に電話で呼びだされてからずっと心に靄《もや》がかかっている。

約束の時刻前だが、松原はやわらかな秋の陽が射す窓際の席に座っていた。

コーデュロイパンツにニットのセーター姿は、ちょっと見には極道者とわからない。

美山は、挨拶をして正面に座り、コーヒーを注文した。

松原がティーカップをおき、口をひらいた。

「古参組長らを納得させるのはむりやな」

「西本若頭のごり押しと思われてるのですか」

「勘違いするな。五十嵐の抜擢はすんなり受け容れられた。難儀したんは高木や」

美山は返答に窮した。

松原の性格はわかっている。注釈をつけず、端的にものを言う。

呼ばれた理由を幾つか想定していたが、それでも動揺を抑え切れなかった。

「あいつの人望のなさは予想以上やった」

「そんなことはないと思います。高木さんは人脈も豊富やし、ゼニも……」

「それがあかんのや」

松原が語気鋭くさえぎった。

「高木と同格の直系若衆は、ゼニより力でのしあがってきた。身体を張って神俠会のために尽くしてきたという自負がある」

「これからの時代は力だけではやっていけません。しのぎは博奕一本から経済利権に変わりつつありますし、警察の圧力も強くなっています」

「おまえに教えられるまでもない。たしかに高木は、資金面の貢献がおおきいし、政財界にも顔が利く。先のことを考えれば貴重な人材やが、神俠会の中枢を担うとなれば話が違ってくる。神俠会は企業やない。極道者の集まりや。皆が納得する人材を登用せな、組織がばらばらになる」

「高木さんは和を乱すような人ではありません」

「ずいぶん肩を持つやないか」

美山は思わず顔をしかめた。むきになりすぎたようだ。

松原が言葉をたした。

「ところで、美山組は何人になった」

「百五十人ほどです」

「ほう」

松原が眼と口をまるめた。

おどろくのもむりはなかった。神俠会直系若衆六十七名のうち、二百人以上の若衆を抱えるのは三分の一に満たない。本家若頭が率いる西本組が最大勢力の四百五十名、舎弟頭の松原組は末端をふくめてようやく三百人を超える。

「所帯がおおきくなるとなにかと物入りも増えるやろ」

「ええ、まあ」

美山は言葉をさがした。こめかみのあたりで警鐘が鳴りだしている。松原の意図するところが読めてきたような気がした。

「五十嵐に対抗してるんか」

「そんなつもりはありません。兄弟はいずれ西本組の二代目を継ぐ男です」

「いまのところはおまえが伯父貴格や」

「……」

美山は口を固く結んだ。

いまのところ、という言葉が神経にふれた。

松原は意に介するふうもなく話を続ける。

「極道者の頭のなかは似たり寄ったり……高が知れてる」

「俺に至らんところがあるのならはっきり言うてください。俺は伯父貴を育ての親やと思うてます。それはこの先も変わりません」

「その親も出世のうしろ盾として頼りにならんか」

「とんでもない。ただ俺は、組織の和のなかで伸びていくつもりです」

「きれい事をぬかすな」

松原の眼に力がこもった。

「おまえ、高木からゼニの世話になってるそうやな」

「………」

「ある者が忠告してくれた。高木を推せば、わいが高木にゼニをつかまされたと邪推する連中がでてくると……それで、おまえのことが気になって調べた」

「たしかに夏の高校野球で資金ぐりが苦しくなって、高木さんの世話になりました。けど、ことしの高校野球ではどこの胴元もひどい傷みようで、神侠会でもかなりの数の者が高木さんにゼニを借りたと聞いてます」

「高木は身内相手にも商売をしてるんか」

「ただ同然の利息です」

「ただほどこわいもんはない。高木は金融業の裏で高利貸しをやるほどの商売人や。守銭奴と言うやつもおる。見返りをあてこんで貸してると思え」

「そうかもしれませんが、そんなことで高木さんを推したのではありません」

「ほな、なんやねん」

「高木さんが穏健派を束ねてるからです」

「穏健派と言えば聞こえはええが、やつらは風向きしだいでどっちにも転ぶ。わいらは極道者や。本気で和を望むんなら、廃業して坊主になれ」

美山は口元を歪めた。心の扉を乱暴にこじ開けられているような気分になった。

この一年ほどのあいだ、高木との絆を深めていた。

美山組が西本組と大村組を軸とした二大派閥のはざまに埋もれてしまわないためにはどうしても第三勢力の台頭が必要だった。潤沢な資金と多彩な人脈を持ち、しかも強い出世欲を抱く高木を前面に立てながら己の力を蓄える。

同世代であり、組織内で将来を嘱望される西本組の五十嵐や谷口組の藤堂と肩をならべ続けるには、それが最善の選択と信じている。

高木に欠けるのは神侠会内の人脈で、それは本人も自覚している。

美山は高木の人脈づくりに手を貸す一方で、幾つかの絵図を描いた。

そのひとつが松原組と高木組の連携であった。

美山は、本家の直系若衆に昇格したあとも松原との縁を大切にしてきた。高木に接近する以前から、相談事があれば真先に松原を訪ねた。実の弟のような村上義一を託したのも松原を信頼しているからである。

連携はむずかしくても、ここまで反感を買うとは思っていなかった。

「高木は身内の誰にゼニを貸してるんや」

「よそのことは知りません」

松原が顔をしかめ、すぐに口をひらいた。

「高木の件は諦めろ」

「決定ですか」

未練が声になった。

「くどいわ。たとえゼニの世話になった連中が全員で推薦しても幹部会は反対する」

「そこまで……」

「悪いことは言わん。高木とのつき合いはほどほどにせえ」

「伯父貴といえども、そこまで言われるのは心外です」

「のう、美山よ。考えなおせ。おまえと五十嵐ならすんなり折り合いがつく」

「吐いた言葉はのめません」

松原が凄むよう睨み、やがて、ふうっと息をぬいた。

「ほんま頑固やのう。このさいやから、念のために訊いておく。今回のギイチの件におまえはかかわってないんやな」

「どういう意味ですか」

「加治をでしゃばらせたんは高木や」

「そんな、あほな」

めまいがし、眼の前が暗くなりかけた。

自宅で高木の名前を口にしたときの、村上の表情が気になった。もしかして加治の背後に高木がいるのではないかとの疑念もめばえた。

加治は高木の腰巾着である。

西本組を追い払われるようにして本家の直系若衆になった加治は西本に反撥している。遺恨の反動で高木に接近したようなものだが、いまでは高木の側近を自認するほどなので松原の話もあながち否定はできない。

それでも、松原の言葉を信じられなかった。高木には村上との仲を話してある。

「ギイチを焚《た》きつけたんは県警の長内や。親切で忠告したのかもしれんが、どうであれ、わいとおまえは蚊帳の外におかれたことになる」

「……」

「おまえと高木の仲もたいしたことなさそうやな」

松原が口元を弛めた。

さみしい笑顔に見えた。

「その話、俺に預からせていただけませんか」

「もうおわった。きのうの夜、五十嵐の仲裁で、加治とギイチが手打ちを済ませた」

「高木さんはどうなったのですか」

「どうもこうもない。高木本人はもちろん、加治も高木の関与を否定してる」

返す言葉が見つからなかった。

胸中は、村上と高木への感情がぶつかり合い、収拾がつかなくなりかけている。

「これだけは言うておく。ギイチはわいの大切な子や。あいつもわいを健気《けなげ》に仕えてくれてる。けど、あいつのなかにおる男はおまえひとりや。おまえがどの道を行こうと勝手やが、ギイチにつらい思いをさせるな」

「わかってます」

美山はきっぱりと言った。


村上は、朋子と新之助を連れて元町《もとまち》商店街のアーケードを歩いていた。

朋子と新之助は手に紙袋を提げている。中身は差し入れの衣類や書物である。

孝太らは自首から十一日目に起訴され、身柄は神戸拘置所に移った。

極道者の犯罪にしては異例の、早い送検だった。極道者どうしの抗争事件では徹底的に背後関係を追及するのが通常の捜査で、短期間での起訴は警察が義心会や神俠会本家にまで捜査の手を伸ばす意思のない証《あかし》といえる。

不意に、新之助が立ち止まり、傍らのカメラ屋を覗くような仕種を見せた。

「どうした」

村上が声をかけたときはもう、新之助は店内に入っていた。

「姐さん、ほしいものはありせんか」

新之助の声に、朋子が顔をほころばせた。

「プレゼントしてくれるの」

「なんでも好きなものを」

「八ミリカメラがええわ」

「粋なねえちゃんがコマーシャルしてるやつですね」

「そうそう」

賭場の常連客の土井が新之助に近づいた。

「店に来たら困るがな」

「俺は客や」

「おおきな声をださんでくれ」

「養子はつらいか」

「そんな……」

店の奥から老女が様子を見ている。

「あった」

朋子が声を弾ませ、八ミリカメラを持った。

「自分はこれにします」

新之助が高価な一眼レフのカメラを手にした。

「お、おおきに」

土井の顔は硬直しかけている。

「領収書は事務所に送ってくれ。請求書と違うで」

そとに出るや、土井が追いかけてきた。

新之助が顔を突き合わせる。

「なんや」

「これで借金はチャラになるのやな」

「あほか。利息や。返済の期日が二週間も遅れてる」

「無茶な。俺は常連やで」

「ゼニにきれいなうちはな」

土井が眉をさげた。

「おい」

新之助が土井の胸倉をつかんだ。

「な、なんやねん」

「おまえ、大村組の山内に高利貸しを紹介されたそうやな」

「それは……」

「あのときの賭場のカネ、山内に無心されたんやなくて、謝礼やったんやろ」

二か月前になる。義心会事務所の賭場で、大村組の山内が土井から五万円を借りた。居合わせた客たちによれば、威し半分の無心だったという。

それを聞いた村上は、詫び料と合わせて十万円を土井に渡し、監視を怠った孝太を殴り飛ばしたのだった。

「ち、違う」

土井は泣きそうな声をだし、村上に近づいた。

「会長さん。助けてください」

「助けたるさかい、借金に百万を上乗せして来週までに持って来い」

「百万て……」

「うちの若頭の治療費と慰謝料や」

「高すぎます」

「いやなら好きにさらせ。この店がどうなろうと知らんぞ」

村上は踵を返した。

歩きだして新之助に声をかけた。

「あいつの借金はどれくらいある」

「大村組の息のかかった金融屋からかなりのカネを借りてるようで……どうも、あの店を乗っ取られそうな気配です」

「うちはなんぼある」

「三週間前の賭場で三十万貸しました」

新之助が申し訳なさそうに言った。

例のガラス割りの一件以来、賭場は新之助に任せている。

村上は事件の後始末で事務所を留守にすることが多かった。

朋子が口を挟む。

「八ミリとカメラで元はとったやないの」

「新之助が言うたやろ。利息や」

「えげつないわ」

「女が口だしするな」

朋子が大げさに首をすくめた。

村上は新之助に命じた。

「百三十万の証文をとれ。いざとなったら金融屋より先にあの店をパクる」

新之助がうなずくのを見て、朋子が口をひらいた。

「どこかで食事しよ。もう五時過ぎたし、家に戻ってるひまはないもん」

「そうやな。新之助、このへんで旨い店を知ってるか」

神戸生まれの神戸育ちながら、村上は神戸の地理にあかるくない。北野町に有名な異人館があるのさえ事務所を構えるまで知らなかった。繁華街を歩くのは朋子にせがまれたときだけで、それも二か月に一度くらいのことだ。

「トアロードに旨いレストランがあります」

「赤ちゃんより旨いの」

朋子が笑顔で訊いた。

東門の端にある洋食屋・赤ちゃんは旨くて安いと評判の店である。

「もうすこし本格的な店で、味もなかなかです」

「シンちゃんの穴場やね」

「たまに嫁と子を連れて行く程度です」

「よし。そこにする」

村上は、歩きだすとすぐ新之助にささやいた。

「朋子を姐さん扱いするな」

新之助が口をへの字に曲げた。

村上は言葉をたした。

「おまえ、朋子のスパイと違うやろな」

「と、とんでもない」

「誰が誰のスパイなん」

村上は、朋子の声を無視して足を速めた。

トアロードは三宮センター街と元町商店街の境から北へ延びる道で、なだらかな坂道の途中、国鉄東海道本線の高架下から生田新道に至るまでの両側には、大小さまざまな飲食店や舶来品店が軒を連ねている。

生田新道を横切ってほどなく、新之助が足を止めた。

右手にあるガラス張りのレストランがめあての店のようだ。

ところが、新之助はなかへ入らず、ガラス窓から店内を覗いた。

「満席か」

村上の声に、新之助がふりむいた。

「美山の伯父貴が……」

「おるのか」

「県警の長内さんと……もうひとりは背中しか見えません」

「どこや」

村上は窓に顔を近づけた。

「連れはたしか、高木組長やと思います」

「ほんまか」

村上にはわからなかった。

「どうしましょう」

「遠慮したほうがよさそうや。兄貴も長内も深刻そうな顔をしてる」

村上はその場を離れ、朋子に声をかけた。

「ここはやめるで」

「ええよ。うち、赤ちゃんのビーフシチュー、大好きやもん」

朋子があかるく応えた。

六甲颪《おろし》が坂道を転がっている。

神戸は冬でも温暖で、雪はめったに降らないけれど、強い風が吹く。

村上は踏ん張るように神戸拘置所の前に立った。

背後に若衆全員が控えた。

十二月初旬、孝太に禁固二年十月の実刑判決が下された。

稔には禁固一年六月に三年の執行猶予がついた。孝太の指示に従い、鬼島組の事務所まで車を運転したものの、発砲には及ばなかったことで刑務所行きを免れた。

鉄扉が開いた。

稔が駆け寄り、腰を折った。

「すみません。自分が若頭の罪を被る覚悟でいたのですが」

「気にするな。おまえひとりでは警察が納得せん」

ねぎらいの言葉をかけても、稔の顔は晴れなかった。

新之助がぽんと稔の背を叩いた。

「若頭のぶんまで頑張っておやっさんに尽くせ」

裕也や五郎も励ましの声をかける。

その度に稔は元気をとり戻したようで、返す声もしだいにおおきくなった。

「皆で浮世風呂に行って、ことしの垢を流してこい」

村上のひと言に、若衆たちが歓声をあげた。

新之助が用意しておいた封筒を裕也に手渡した。

「十万ある。おやっさんからや」

昭和四十六年当時の浮世風呂の入浴料は高級店でも一万円が相場だった。女を抱き、たらふく食事をしても十万円あればおつりがくる。

「ありがとうございます」

六人の若衆が声をそろえた。

「風呂と飯だけや。酒はあかん。五時までには事務所に戻って来い。きょうは師走の金曜やさかいうちの賭場は賑わうで」

若衆たちがタクシーで去ると、村上は新之助に声をかけた。

「つき合え」

新之助の運転でトアロードへむかい、目星をつけていた宝石店に入った。

新之助が身体を寄せた。

「結婚指輪ですか」

「まあな」

「おめでとうございます」

「やや子ができたからしゃあない」

「それで、八ミリカメラですか」

村上は照れ笑いをうかべた。

「かさねておめでとうさんです」

「仰々しいわ。それより、おまえは指輪を渡したか」

「貧乏のどん底で、籍を入れておわりです」

二人でひそひそ話をしていると、若い女の店員が近づいてきた。

「なにをお求めですか」

「指輪や」

女が遠慮ぎみに表情を弛めた。

村上は不機嫌になった。

「プレゼント……それともご結婚指輪でしょうか」

「女の薬指に嵌めるやつをくれ」

店員が手のひらを口にあてた。

傍らの中年女が恭しくお辞儀をし、「どうぞ、こちらへ」と声をかけた。

ショーケースの前に座ると、中年女が幾つかの指輪をとりだした。

「ご婚約の指輪でしたらダイヤモンドがよろしいかと思います」

「あんたのお奨めはどれや」

「ご予算は」

言われて初めて、指輪をまじまじと見つめた。どれも五十万円以上の値札がついている。サラリーマンの平均年収に近い。なかには百万円の指輪もあった。

一瞬ひるみかけたものの、つまらぬ見栄が声になる。

「これはどうや」

村上は八十五万の指輪をさした。

「一番のお奨めですわ。一・五カラットで品質がよく、もちろん、疵もありません」

女が濃紺の硬紙を手にした。

「このとおり、鑑定書もついております」

横文字と数字がならんでいるが、なにが書いてあるのかわからない。

「これにする」

「サイズはおわかりでしょうか」

「はあ」

「指のおおきさのことです。普通の女性でしたら七から十一くらいだと思いますが」

「知らんな」

「電話を貸してくれるか」

新之助の声にふりむいた。

「どうするねん」

「姐さんに訊きます」

「よけいなまねするな」

村上は若い店員を手招きし、彼女の左手の薬指にふれた。

「あんたのサイズはなんぼや」

「九です」

「ほな、九を頼むわ」

「かしこまりました。もし合わなければお直し致します」

「もうひとつ、十万くらいの指輪はないか」

「妹さんへのプレゼントですか」

また新之助が言った。

「孝太のこれにやる」

村上は小指を立てた。

「やめたほうが……」

「なんでや。指に嵌めてたら孝太を忘れんやろ」

「おやっさんが若頭の彼女を気遣っておられるのはわかります。けど、男と女を結ぶ縁はそこらじゅうに転がってます」

「なにが言いたいねん」

「あまり構わないほうがいいと思います」

「孝太が務めをしてるあいだに、小百合にほかの男ができたらどうする」

「その程度の縁やったということです」

「醒めた男やな」

「むりしたらろくなことになりません。若頭が出てくるまで彼女を軟禁しても、彼女の心がほかをむいてたら、かえって不幸な結果になるだけです」

「ふーん」

そっけなく返し、中年女にカネを渡した。

「それを包んでくれ」

「リングにイニシャルを彫らなくてもよろしいのですか」

「いらん」

村上は無愛想に言った。ほんとうは自分の名前を入れるつもりだった。だが、新之助の話を聞いているうちに、それが意味のないまじないのように思えてきた。


車の後部座席に座り、リボンのついた小箱を上着のポケットに仕舞った。

「これから姐さんに会われますのか」

「姐さん、姐さんと言うな」

「もういいでしょう。お子さんが産まれますのや」

「無事に産まれたらそう声をかけてやれ。あいつ、涙流してよろこびよる」

「それだけおやっさんに惚れられてるのです」

「違うな。あいつは、姐いう言葉に憧れてる。そのへんが俺と似てるのやが」

「お熱い話で……」

「じゃかましい。それより、おやじさんの家へ行け」

「呼ばれてますのか」

「一時に来いと言われてる」

約束の時刻には余裕がある。

村上は、車が動きだしてから新之助に訊いた。

「美山の兄貴に会ってるか」

「いえ」

新之助が前を見たまま応じた。

孝太が留守のいま、いやそうでなくても、新之助は頼りになる身内である。普段は無口で感情を露にしないけれど、ここ一番になると冷静に状況を判断し、臆することなく己の意見を口にする。そのおかげでずいぶんと助けられた。

しかし、新之助を心底信頼しているわけではなかった。

自分にとっての松原と美山のように、新之助も自分と美山のあいだで心の軸がゆれているのではないか。

そんな疑念を拭いきれないでいる。

村上は新之助の横顔を見据えた。

「おまえは美山の兄貴と高木さんの仲を知ってたんやろ」

「どうしてそんなことを訊かれるのですか」

新之助の声には不満が感じられた。

「応えろ」

「そういう噂は耳にしていました」

「尾崎を監禁したとき、兄貴に連絡するなと言うたな。思うところがあったのか」

「あれは正しい判断だったと思ってます」

「兄貴の立場に気兼ねしたわけやないのやな」

わずかな間が空き、新之助が口をひらいた。

「美山の伯父貴のことで悩まれてますのか」

「兄貴は、死ぬまで、俺の恩人や。けど、兄貴がなんで毛並の違う高木さんとつるんでるのか、俺にはようわからん」

「そんなに親しいのですか」

村上は、過日の美山との話をかいつまんで話した。

新之助が怪訝な顔をした。

「それほどの仲なら、美山の伯父貴は高木組長におやっさんの話をしてるはずです。それなのにどうして、高木組長は加治組をけしかけたのでしょう」

「俺もそれが気になる。口ぶりからして、兄貴が何も知らんかったのは間違いない。そやからよけいに高木さんの腹が読めん」

「美山の伯父貴とはあの事件のあとも会われてますのか」

「何回か呑みに行った」

「高木組長の話は」

「ない。俺から訊くわけにもいかん」

「自分は……二か月ほど前でしたか、姐さんと食事に行ったときの、レストランを覗いていたおやっさんの顔が忘れられません」

「どんな顔をしてた」

「とんでもないものを見たような……」

「あの日、おやじさんは兄貴に会った。あれは多分、そのあとのことや」

新之助が黙った。

「あのときにびっくりしたのは長内が一緒におったからや。おやじさんと兄貴は神侠会の人事の話をしたそうな。それなら、長内がでる幕はない。そう思わんか」

「長内さんは伯父貴の相談役です」

「なんやて」

「知らなかったのですか」

「長内はうちのおやじさんの飼い犬やないのか」

「昔の話です。いまでも接触してると思いますけど、伯父貴が本家の直系になられたあと、長内さんは美山組に軸足を移しました」

「兄貴との縁が高木さんに……」

「おやっさん」

新之助が声を上擦らせた。

村上は新之助の胸のうちが読めた。

「長内のくそったれ。加治組の話を持ち込んで、俺を焚きつけたわけか」

「それなら、長内さんは伯父貴よりも高木組長に近いことになります」

「デコスケに義理もへったくれもない。自分らの都合のええほうになびきよる」

乱暴なもの言いになった。デコスケとは警察官を侮蔑した隠語である。

「伯父貴の耳に入れられたらどうです」

「それができんのや。おやじさんに口止めされ、五十嵐さんにも、今後いっさい、高木さんの件は喋るなと言われた」

「難儀ですね」

新之助がため息まじりに言った。

「ほんま、クズや」

愚痴がこぼれでた。

「……」

「美山の兄貴が、極道者は皆クズやて……そう言うてた」

「自分はそんなふうに考えたことありません。たしかに世間から見れば陽のあたらない吹き溜まりにおるかもしれませんが、生きてる実感はあります」

「おまえ……」

あとに続く言葉をのんだ。

ルームミラーに写る新之助の眼には濁りがなかった。

そのことにはじめて気づいたのは己の眼が曇っていたせいか。

ふと、意地悪な気持ちがめばえた。

「極道者としての欲はないのか」

「欲……」

新之助がミラーから視線をそらし、短く息をついた。

「持ったところで高が知れてます。上に立つような器でないのは自覚してます」

「どうして極道者になった」

美山組の舎弟だったころ、新之助は一度だけ己の過去を話したことがある。徳島の造り酒屋の一人息子で、家業を継ぐのを嫌って家出をしたという。

「よくわかりません。高校三年の夏休みに神戸へ来て……食料品の卸問屋で働いているときに伯父貴と会ったのです」

「仕事場でか」

「はい。社長がえらい博奕好きで、伯父貴が借金の取立てに来られて……いつも従業員には威張っていた社長が真っ青な顔で土下座するのを見て、なんやあほらしくなって……気がついたら美山組に転がり込んでました」

「けったいな男やな」

「ただの臆病者です。強い人の傍におるほうが楽やと」

それならどうして俺のところへ来た。

そう訊きたい衝動に駆られた。

かろうじて口にしなかったのは、車が住宅街の一角にさしかかったからだ。

松原の自宅はすぐそこにある。

掘り炬燵《ごたつ》に足を入れたとき、練炭の燃える懐かしい匂いがした。

「電気炬燵はあかん。あれは風情がない」

村上は、正面に座る松原のひと言にうなずき、顔を横へむけた。開け放たれた障子のむこう、ぴかぴかに磨かれた縁側のガラス戸越しに、手入れの行き届いた庭が見える。築山の傾斜に沿って松の枝が見事に翼をひろげ、手前にある池の端に佇《たたず》む石灯籠にはあざやかな深緑の苔《こけ》がへばりついている。

「ええ庭やろ」

松原の声がして、村上は視線を戻した。

「この庭を見てると心が洗われる。汚れた身体はきれいにならんが」

松原が眼を細めた。

それだけのことでも気持ちは和む。さっきまでの白濁した思いはすこし薄れた。

松原が丹前の袂《たもと》を左手で押さえ、徳利を手にした。

村上は両手で盃を受けた。

テーブルの上には、鮪やヒラマサ、ホタテなどの刺身が載る大皿と、赤貝と青葱の饅和《ぬたあ》えや、鰤《ぶり》大根の小鉢がならび、端には鉄製のコンロが用意してある。

「まずは食おう」

松原が箸を手にするのを見届け、料理を口にした。

饅和えは酢味噌の加減と刻んだ酸橘《すだち》の皮が舌をよろこばせた。

「どうや」

「おいしいです」

「うちの嫁は料理だけが自慢なんや」

そこへ、通路側の襖《ふすま》が開き、女が姿をあらわした。

絣《かすり》の着物に割烹着姿の女房は四十年配の上品な艶がある。

土鍋をガスコンロに載せながら、女房が声をかけた。

「ほめる割にはうちで食べてくれんのよ」

「おやじさんはお忙しいですから」

「もう食べごろになってるさかい、ぎょうさん食べてや」

女房がマッチでコンロに火を点けてから立ち去った。

刺身も鮟鱇鍋もすこぶる旨い。

食事も半ばにさしかかったころ、松原の表情から笑みが消えた。

「わいが引退したら、おまえはどうする。美山のところへ戻るか」

村上は手を止めた。予期しない唐突な問いかけだった。

「おまえと美山の縁……切っても切れんやろ」

「それはそうですが、自分の親はおやじさんです。美山の兄貴にも、五十嵐さんにも、そのことは言いふくめられました」

「五十嵐にもか」

「はい」

応えたあとで言葉をさがした。五十嵐とのことは避けたほうがよさそうだ。親子盃の儀が行なわれた日の、西本若頭の話は墓場まで持って行くしかない。

「おやじさんは、どうして自分を若衆にしたのですか」

「美山に頭をさげられた」

「それだけですか」

「ほかになにがいる」

「………」

「だだをこねたそうやな」

「兄貴に見捨てられたと思いました」

「あいつかて、本音は、気心の知れたおまえを傍においておきたかったやろ。けど、あいつはおまえの将来を考えた」

「将来……ですか」

「そうや。あいつは、おまえをいっぱしの極道者にするより、男に育てたかった。世間をひろげさせてやりたかったんやろ」

「よくわかりません」

「簡単にわかってたまるか」

「兄貴はそれを話したのですか」

「言わん。口にせんでもわかる。それで、美山のおまえへの愛情を、わいが引き継ぐことにした。わいらの世界の、義理の親子とは、贋物《にせもの》の親子という意味やが、贋物の……かりそめの親子やこそ、大事にせなあかんこともある」

村上は曖昧な気分になりかけた。

まるで禅問答だ。

松原の話を聞くうち、美山の舎弟になった日の記憶がうかんだ。

どうして美山は、それまで頑なに拒んでいたのに、自分を身内にしたのか。

――おふくろさんの涙、見たことあるか――

美山の言葉を思いだして気づいた。

松原の眼にはやさしさがひそんでいる。

「話を戻す。わいは、この一、二年で引退する」

「そんな」

「会長が元気になられるか、若頭の西本が放免されるまでは身を退くわけにいかん。神俠会あっての松原宏和や。神俠会の危機にわがままは許されん」

「どうしても意思は変わらないのですか」

「男には潮時というもんがある」

「まだ充分お若いです」

松原は還暦を迎えてまもない歳である。神俠会の舎弟ばかりか、直系若衆のなかにも松原より歳上の連中は十指に余るほどいる。

「歳は関係ない。わいの極道人生は、若頭補佐から舎弟に祀りあげられたときにおわった。三代目が元気やったら五年前に引退してた」

「西本さんが若頭になられたときですか」

「いまやから話せるが、前の若頭が急死したとき、わいはてっきり若頭になれると思い込んだ。神俠会を日本一の極道組織にしたという驕《おご》りがあった。けど、そう思うてたのはわいだけやなかった。舎弟連中も、西本や赤井、大村もおなじ気持ちやったはずや。誰もが、功績を競い合って、拳銃《チャカ》を手にしてた」

「てっぺんをめざしてですか」

「そやなかったら、たったひとつしかない命を賭けたりせん」

「自分は、あと十年早く生まれたらよかったと思ってます」

　正直な告白だった。

　極道の世界に憧れたのは、己の腕と度胸で伸しあがれると信じていたからである。村上が美山をつてに港友倉庫で働きだしたころは、神俠会が全国各地の極道組織と血で血を洗う抗争に明け暮れた時期とかさなる。

「世間からはみだした極道者は群れて生きるしかない。それは昔もいまもおなじや」

「ですが、いまはなんと言うか……生き方が汚いように思います」

「極道者にきれいも汚いもあるか。皆が己と己の身内を守るのに必死や。映画のように、義理と人情だけでは生きていけん」

「……」

「どうする、ギイチ。残るか。美山のところへ戻るか」

　村上は空唾をのんだ。松原の話を聞くうちに覚悟を決めていた。

「松原組に骨を埋めさせてください」

　松原の顔が引き締った。

「おまえを若頭補佐にする」

「とんでもない。自分は松原組の若衆になってわずか二年半です」

「それがどうした」

「兄貴たちが納得しません」

「松原組はわいのもんや。誰にも文句は言わさん。おまえにもノーはない」

勘弁してください。

そのひと言がでなかった。

むろん、村上にも出世欲はある。だが、まだ早すぎる。松原組の直参若衆三十八名の末席にいる自分が兄貴分を押しのけて若頭補佐になるわけにはいかない。

松原がたたみかけた。

「来週の事始に、皆に伝える」

江戸時代からの習俗に倣い、極道社会の正月行事は御事始にあたる十二月十三日に行なわれる。関東は五日早い十二月八日が多い。その日、それぞれの極道組織は若衆全員を集め、新年を祝うのが慣《なら》わしである。末端の組織は朝から、組織の格があがるにつれ開始時刻が遅くなり、神俠会本家の御事始は夕刻から執り行なわれる。

「せめて理由を聞かせてください」

「わいの顔を立て辛抱してくれた。それと、おまえはひらの若衆のなかで図抜けた上納金を納めてる。心配せんかて、この話は若頭も賛成や」

村上は、炬燵から両足をだし、すこし退いた位置で正座に構えた。

「謹しんでお受け致します」

畳に額をつけた。

「しっかり若頭を支えて、稼業に励め」

「はい」

じわりとよろこびがこみあげてきた。

「もうひとつ、お訊ねしてもかまいませんか」

「おう」

「高木さんはどんな人ですか」

「まだ気にしてるんか」

「美山の兄貴から、高木さんと親しくしてると聞かされました」

松原の表情が暗くなった。

だがそれは一瞬のことである。

「高木は極道者やない。経済やくざとでも言うのかな」

「経済……やくざ」

初めて耳にする言葉だった。

だが、松原がやくざと口にしたことで、松原の高木に対する評価がわかった。関西の極道者の多くは、やくざと言われるのを嫌う。

「なんで美山の兄貴は高木さんと仲よくされてるのですか」

「あいつなりの思惑があってのことやろ」

「思惑とは何です」

「神俠会は表向き静かやが、水面下では西本組が筆頭の主流派と大村らの反主流派がせめぎ合いをしてる。反主流派が露骨な動きをすれば、五十嵐も黙ってない」

「そうなれば、美山の兄貴はどっちにつくのでしょう」

「どっちにもつかん。あくまで高木と心中する気でおる」

「そんな……」

「あいつにはてっぺんまで昇る足場がない。そこが五十嵐や藤堂とは違う。五十嵐には西本組、藤堂には谷口組というおおきな看板がある」

「兄貴は高木さんが看板になると思っているのですか」

「どうかな。極道者の器やないが、やつにはゼニがある。関西の政治家や財界人とのつき合いもある。これから先、日本の経済が発展するにつれて、極道社会も高木みたいなやつが幅をきかす時代がくるかもしれん」

「兄貴もそう考えてるのですか」

「おそらく」

「高木さんの昇格は流れたとか」

「とりあえずや」

松原にしてはめずらしく歯切れが悪かった。

「面倒なことでもあるのですか」

「美山は諦めてない。なんとしても高木を担ぐ気らしい。ほんま、あほな男や」

村上はやるせない気分になりかけた。

「ギイチ、足を崩せ」

松原の眼がやさしさを増した。

「つまらんことに気を遣うな」

「はい」

「仕上げの雑炊にするか」

松原が両手を打ち、快い音を響かせた。

その余韻を吹き飛ばすかのように襖が開き、部屋住みの若衆が飛び込んできた。

「おやっさん。本家からお電話です」

松原が無言で腰をあげた。
二、三分して戻ってきた松原の顔は険しかった。
「でかける。ついて来い」

松原について隣室に移った。

左手の壁は書架に覆われ、棚にはびっしりと書物が詰まっている。その前に座り心地のよさそうなソファと、灰皿と電話機が載る円形のテーブルがある。

松原の私室のようだ。右手には洋箪笥と和箪笥がならび、扉の開いた洋箪笥の前で松原の女房が慌ただしく手を動かしていた。

松原が着物を脱ぎ捨て、パンツ一枚になった。筋肉質の、とても六十歳すぎとは思えない肉体だった。脇腹と右鎖骨のあたりに刀傷がある。

裸になった松原が電話機のダイヤルをまわした。

そのあいだにも、女房が肌着を着せ、黒のズボンを穿かせる。

「すぐに若衆を事務所に集めぇ……全員や。自宅におらんかったら賭場でも女のところでも、片っ端から電話をかけろ……連絡のとれんやつは破門や……会長の容態が急変した。けど、若衆にはそのことを言うな」

どうやら電話の相手は松原組若頭の友定彰《ともさだあきら》のようだった。

電話を切ったときはもう、松原は服を着おえていた。
ダークグレイのトレンチコートを手にした女房が先頭に立って部屋をでる。
松原があとに続き、村上は松原の背後についた。
四畳ほどある玄関の三和土《たたき》には二人の若者が待ち構えていた。
そとはしんと静まり返り、その静けさがいっそう空気をつめたく感じさせた。
開け放たれた門扉の先に、白のキャデラックが見える。
松原が後部座席に乗り、村上は助手席に座った。
師走の神戸の街にむかって、車はなだらかな坂道を滑るように走りだした。

第五章　花見の乱

村上義一は、昭和四十七年の正月を重苦しい空気のなかで迎えた。

神俠会の極道者は、幹部から末端まで、おなじように感じていただろう。

前年の十二月五日、持病の肝硬変で入院中の滝川会長が脳梗塞を併発し、危篤状態に陥った。村上が親の松原と食事をしているさなかの出来事だった。

病室での発症が幸いして一命をとりとめたのだが、松原によれば、いまもなお右半身は自由がきかず、呂律《ろれつ》もまわらないという。

神俠会には厳重な緘口令《かんこう》が敷かれた。

しかし、隠しきれるものではなく、翌々日に関西の地方紙が会長の重病説を報じたのをきっかけに、各マスコミは一斉に報道を競い合った。

さらに、神俠会をゆるがす激震が続いた。

会長が脳梗塞をおこした五日後、大阪を地盤とする赤井組の組長が刑務所から大阪府警本部に解散届を提出した。赤井組は、西本組や松原組と共に、昭和三十年代の抗争事件で先頭に立った武闘派の組織である。

会長代行の松原宏和はただちに直系若衆を本家に招集した。皆の動揺を鎮める目的もあったが、親分を失った赤井組が草刈場になるのを恐れてのことだった。

百八十名いる赤井組若衆のなかには、組長に恭順して堅気になる者もいるだろうが、大半はこれから先も極道者として生きる道を選ぶしかあるまい。

日本列島を無数のブルドーザーが掘り起こす異常な熱気の只中にあり、高度経済成長の最盛期を迎えているとはいえ、一般社会や企業が極道者を堅気として迎え入れるほどあまくはない。地場の人々との縁やしがらみが薄れつつあるなかでは個人もおなじである。

極道者の存在を否定し、組織の壊滅を願う人々が、彼らが堅気になったからといって、温かな心で手をさしのべるとは思えない。

極道社会の慣習に倣えば、赤井組の若衆は、同門の西本組の盃を受けるか、主だった直系若衆の組織に分散される。

だが、松原はそうすんなり事が運ぶとは思わなかった。滝川会長が倒れ、西本若頭が収監されている現況に鑑《かんが》みると、直系若衆らの動きが気になった。勢力の拡大を狙う組長連中が赤井組若衆を奪い合うと読んだ。

緊急会議の翌朝には、末端の組織に至るまで、毎年の恒例行事である御事始の儀式も新暦の正月を祝う行事も自粛するよう通達がなされた。

村上は、先月の二十九日に年納めの賭場を開帳したあと、正月二日に年賀の挨拶に松原宅を訪れた以外はずっと部屋にこもった。

おとといの三日の昼には義心会の若衆全員を自宅に呼び、ささやかな新年の祝いを行なったが、その夜に事務所で開かれた初盆には顔をださなかった。

賭場に来る客は野次馬が多い。連中は神侠会の騒動をあれこれと聞きたがるだろうし、自分の若頭補佐昇格が話題になるのも予測できた。

めでたい面をひっさげて来る客たちの相手をするのが煩わしかった。

村上は、いつものように、ベランダにむけたチェアーに身体を預け、暮れなずむ神戸の街を見るとはなしに眺めていた。

「あんた、きょうもでかけへんの」

背後で朋子の声がした。咎めるような口調だった。

村上はチェアーを回転させた。

手の届く位置に、朋子が腕を組んで立っていた。

朋子は昨年の十一月に仕事を辞め、マンションで暮らしている。たまに実家に帰っても泊まることはなかった。

極道者の女房としての自覚がめばえてきたこともあろうが、孝太の女の小百合を居候させているのがおおきな要因のようだった。

小百合は三か月ほどでクラブ・志乃の看板ホステスになった。

朋子には、それがうれしい半面、心配の種でもあるらしい。

正月を郷里の広島で過ごした小百合は、さっきマンションに戻ったあと、ひと休みする時間もなく身支度を整えて店へでかけた。

「あかんのか」

「さっきから、ぼっとしてからに。松原組の若頭補佐なんよ。義心会のほうはともかく、大抜擢してくれた組長さんのためにやることがあるやろ」

「生意気な口をきくな」

「お家の一大事にのんびりしてるからや」

「考えてるのや。無闇に動けばええというもんやない」

「そうかもしれんけど、寝牛になってたらなんも解決せん」

「わかってる。けど、おやじさんはこんなときこそどっしり構えろと……」

村上は言葉を切った。いちいち説明するのがあほらしくなった。

あす六日は松原組事務所で幹部会が開かれる。

その場で松原は己の意思を伝えるだろう。

初めて幹部会に出席する村上は意見を求められるかもしれない。

村上は、ガキのころから人前で話すのが苦手だった。それ以上に、理屈をこねたり、能書きを垂れるのが嫌いである。

だが、己の意見を言えない者に組織の幹部は務まらない。先輩若衆から小馬鹿にされたのでは自分を抜擢した松原に申し訳が立たない。

あれこれ考えるほどに気分が重くなっていた。

朋子はあっさり不満顔をひっこめ、あかるい声を発した。

「晩ご飯は何にしようか」

「おまえの頭のなかは食うことしかないのか」

「うちやない。この子がほしがるんよ」

朋子が愛しそうに両手で腹を摩《さす》った。妊娠五か月目に入っている。

──あんたの子がほしくなった──

朋子がそう口にしたときはすでに子を宿していたことになる。産婦人科の病院へでむいたのはそれからひと月あとのことだった。

あれは、自分の子が朋子に言わせた。

村上はそんなふうに思っている。

「おせちも飽きたし、外にでよう」

「そうやな。俺の子にステーキでも食わせるか」

腰をあげたとき、電話が鳴った。


おせち料理に飽きたのは朋子だけではなかったようだ。

美山に呼びだされた下山手《しもやまて》のフグ料理店・フク吉《よし》は満席だった。

年が変わって美山と顔を合わせるのは二度目である。松原宅からの帰りに美山組の事務所に寄って新年の挨拶をした。

村上は、奥の座敷にあがったとたん、顔を強張らせた。身体も固まりかけた。

四畳半の座敷には二人の男がいた。背を見せるのが美山で、土鍋から立ちのぼる湯気のむこう、上座にいるのは高木春夫だった。

淡いピンクのシャツにシルク地のブルーグレイのスーツ。金縁眼鏡をかけた細面の風貌《ふうぼう》はいかにも経済やくざというふうである。

村上は、美山のとなりに正座し、高木に新年の口上を述べた。

高木とは言葉を交わしたことがなく、事実上の初対面といえる。

「おめでとう。その若さで松原組の幹部とはたいしたもんや」

高木が紫の袱紗《ふくさ》を左右に開いた。

豪華な水引飾りの祝儀袋はかなり分厚い。百万円はあろうか。

「祝儀や」

「ありがとうございます。けど、受けとれません。祝い事は自粛しろと言われてます」

「そう堅苦しいことを言うな」

「申し訳あり……」

「黙って受けるのが礼儀や」

美山が強い口調でさえぎった。

村上は押し黙った。

すぐにフク吉へ来いと電話があったとき、高木の同席を教えられていればそんな態度はとらなかったかもしれない。いきなりの対面で警戒感がいっそう増した。松原の自宅で高木のあれこれを聞いたときから、高木への疑惑は不信に変わった。

美山の眼つきが鋭くなった。

「高木さんの厚意を袖にする気か」

「まあまあ」

高木が美山をなだめた。

それでも美山は退かない。

「男が、差しだしたものを引っ込められるか」

美山は自分と高木の仲を気遣って一席設けたに違いなかった。

村上は、高木の顔を見たとき、そんな気がした。

その推察がかえって意固地にさせたのだが、美山に逆らうつもりはない。美山に恥をかかせるのは本意にそむく。

「すみませんでした。ありがたく頂戴します」

村上は頭を垂れ、袱紗ごと祝儀袋を上着の内ポケットに収めた。

「さあ」

高木が満面に笑みをひろげた。

「ええ肝や、食べてくれ」

神戸のフグ料理屋はどこも客に肝を食べさせる。歌舞伎役者がフグの肝を食べて中毒死したのをきっかけに条例で肝をださない都市が増えたけれど、神戸市は禁止しなかった。神戸の親分連中はこぞってフグ料理を好む。とくに肝が大好物なのだから、肝をださない店には行かない。上客を失う代わりに、閑古鳥が棲みつく。

上品で濃厚な旨味が口中にひろがる。何度食べても、ひと口目は思わず眼をつむる。きょうは高木への警戒の念も忘れてしまいそうになった。
二、三分の間隔を空けて、五切れの肝を食べた。フグの毒は即効性で、まず舌が痺れだすから、間隔を空けて食べるのが死なないコツである。
だが、至福のひと時も長くは続かなかった。

「のう、ギイチ」

声をかけた美山の顔からは先刻の咬みつくような表情が消えていた。

「おまえが若頭補佐を受けるとは意外やった」

「兄貴は反対ですか」

「そういうわけやないが、若頭補佐という立場がおまえの将来の足枷《あしかせ》になりはせんかと、すこしばかり心配してる」

「おやじさんに、ノーはないと言われました」

「松原の伯父貴がおまえに眼をかけてるのはわかってる。けど、松原組には友定というしっかりした番頭がおる」

友定彰は松原組の若頭で、松原の信頼厚く、若衆からも慕われている。

顔を合わせれば気さくに声をかけてくれることもあって、最近ではなにかと友定に相談するようになった。村上はこれまで義心会をおおきくすることしか頭になく、資金面で貢献しているとはいえ、組内の事情には無頓着だった。

「俺はな……おまえがそれなりの力をつけたら、伯父貴が現役のうちにお願いして、直系若衆への道筋をつけようと考えてた」

美山の言葉の意味は理解できた。

松原が引退すれば、友定は本家の直系若衆として盃を直し、松原組の跡目を継ぐ。そうなれば村上には友定の舎弟もしくは若衆になるかの選択肢しかなく、いずれの場合でも本家との盃直しの道は遠のく。

わかっていても、松原組の若頭補佐に昇格したばかりの身で先の算段をしては松原の厚情に砂をかけることになる。

「兄貴にはいつも気にかけていただき、ほんまに感謝してます。けど、いまは松原組の若頭補佐として精一杯やることしか考えていません」

「それでええ。けど、いま俺の言うたことは忘れるな」

美山が酒をあおり、言葉をたした。

「それと、内定やから他言は無用やが、きのうの幹部会で本家に事務局を新設することになった。初代の事務局長は高木さんや」

村上は眼をまるくした。

松原の言葉がよみがえった。

――美山は諦めてない。なんとしても高木を担ぐ気らしい――

先日行なわれた松原組の幹部会でも、松原は険しい表情を見せていた。

そのときは、会長の病状と、赤井組の件で神経を摩《す》り減らしているのだろうと思ったのだが、悩みのタネはほかにもあったようだ。

それとは別に、村上は、美山の権力への執念を覗き見た気がした。

胸のうちを隠した。高木への不信感はますます強まりそうだが、だからといって、美山への思慕の情が薄れるものではない。

「それは、おめでとうございます」

村上は笑顔をつくろい、声をだした。

高木が相好を崩し、右手をふった。

「肩書きは仰々しいが、雑用係兼金庫番みたいなもんや」

「そんなことはありません」

美山が言った。

「幹部会にでられるのやさかい、待遇は若頭補佐と同格です。これからの極道組織は企業とおなじで、命令系統をはっきりさせる部署が必要になります。高木さんはスポークスマン……政府でいえば官房長官や」

最後のひと言は村上にむけられた。

「自分は頭が悪いのでぴんときません」

「いずれ高木さんの能力が存分に発揮されるときが来るということや」

「兄貴はどうなりました」

「俺は高木さんを補佐する立場になった。まあ、そういうわけやから、これを縁に高木さんにかわいがってもらえ」

高木があとを受けた。

「松原組の若頭補佐ともなれば、人づき合いもひろくなるし、義理掛けとかで物入りも増える。わしとは切っても切れん仲の美山の弟分や。気楽に相談してくれ」

「よろしくお願いします」

そつなく応じながらも、美山が離れていくような、さみしさを覚えた。


桜の花は散りぎわこそが美しい。

村上は、縁側からひらひらと迷い込む薄紅色の花びらを眺めながら、ついさっき聞いた松原の言葉に納得の表情をうかべた。

四月八日、定例会を兼ねた松原組の花見の宴が有馬《ありま》温泉の旅館で行なわれた。有馬温泉郷の桜は、神戸の桜の名所、須磨浦《すまうら》公園より一週間ほど遅れて花ひらく。

村上は、ふうっと息をぬき、室内に視線を戻した。

水墨画の掛け軸のかかる床の間を背に、三人の男がならんでいる。

中央に松原を挟んで、右が舎弟頭の宮脇《みやわき》、左は若頭の友定である。

大広間の右側の、上座に近いほうから五名の舎弟、左側には若頭補佐の長谷川《はせがわ》、野口《のぐち》、村上が座り、その両方から下座に沿って若衆たちがいる。

総勢四十五名はそろいの浴衣、丹前姿だった。

きょうの定例会は全員出席が義務づけられ、代理人は認められなかった。

そういう背景もあって、午後五時からの花見の宴は、誰もがあとに行なわれる定例会を意識して酒量を控えているらしく、一時間が経っても座は一向に盛りあがらず、私語もほとんど聞こえなかった。

松原は物思いに浸るような顔を夕闇迫る庭にむけている。

となりの友定が盃をおき、両手で浴衣の襟元を正した。

「これより松原組の定例会を行なう」

気合の入ったひと言に、全員が顔を引き締めた。

「せっかくの料理や。食べながらで構わんが、耳は集中しろ」

そう言われても、さすがに全員が箸を膳に戻し、身体をずらして上座に顔をむけた。

唯ひとり、松原だけが盃を口にしている。

友定が左右に視線をやってから言葉をたした。

「すでに知ってると思うが、今月から神俠会本家は幹部会を執行部と改めた。うちの組長の会長代行、西本若頭を両軸に、五名の若頭補佐のほか、新設された事務局の局長も執行部会に出席し、合議制で組織を運営することになった。なお、解散した赤井組の赤井さんに代わり、原田《はらだ》組の原田紀夫《のりお》組長が若頭補佐に昇格した」

西本若頭と矢島若頭補佐が入獄の身なので、現行の執行部は、会長代行の松原を筆頭に、若頭補佐の大村、谷口、佐伯、原田、それに事務局長の高木を加えた六名で構成され、西本組若頭の五十嵐は、発言権なしで、西本の代理として会議に参加することになった。

新執行部を派閥で示せば、中立の立場をとる松原、西本若頭を頭領とする主流派の佐伯と原田、反主流派が大村と谷口で、穏健派は高木ひとりとなる。

高木の下には二人の補佐役がついた。ひとりは美山である。

若頭補佐の野口が右手を挙げた。

「原田さんは実績からして申し分ないけど、高木さんはどんな理由ですか」

「そら、決まってる」

舎弟頭の宮脇がニッと笑った。

「ゼニや。先月から始まった本家の新築工事の資金のほとんどを高木が引き受けた。そのご褒美に事務局を新設し、高木を局長に据えた」

あちこちから失笑が洩れた。

「美山もヤキがまわって高木の腰巾着になったわけか」

舎弟のひとりが茶化すように言い、高笑いを放った。

「高木を舐めたらあかん」

松原のどすのきいた声に、部屋は一瞬にして静まり返った。

「赤井組の残党を見ろ。若衆の半分が高木組とその系列組織に走った。それまでの人脈からして、同門の西本組の傘下に入るのが筋や。ゼニで釣られる連中も情けないが、極道社会も変わりつつあるということや」

友定があとを継ぐ。

「同業者はもちろん、警察もマスコミも神俠会の今後の動向に注目してる。四代目に内定してる西本若頭の出所の時期。勢力拡大にしゃかりきになってる大村組と谷口組。豊富な資金力をバックにのしあがってきた高木組。噂のネタはなんぼでもある。こんなときこそ、松原組は一枚岩にならなあかん。それが組長のお考えや」

「念を押されるまでもありません」

野口が即座に応じた。

友定の、松原への忠義心は半端ではない。松原が本家の舎弟になったとき、滝川会長から直系若衆への盃直しを打診された友定は、親は松原ひとりと大見得を切ったという。

野口は、そんな友定とあうんの間柄といわれるほど仲がいい。

「皆もおなじか」

「おすっ」

声の力に差はあったが、全員が応じた。

「心強いかぎりや。それでは、これから皆に申し伝える。本日以降、松原組は鉄の結束を示すために、誰であれ本家への盃直しは一切行なわないことにする」

室内がざわついた。となりどうし顔を見合わせる者もいる。

村上は首をかしげた。

これまで松原組の方針は幹部会に諮《はか》られ、最終の意思決定は松原が行なってきた。それなのに、今月三日に開かれた幹部会の席でいまの事案は議題にのぼらなかった。

つまり、松原と友定の二人で決めたことになる。

その意図をさぐろうとしたけれど、なにも思いうかばなかった。

すこしの間が空いて、若頭補佐の長谷川が口をひらいた。

「それは期間限定の措置ですか。それとも、永久にということですか」

村上は思わずうなずいた。

この場にいる誰もが訊きたかったことだろう。上昇志向の強い者なら、いずれは松原組の跡目か、本家の直系若衆への盃直しを胸に秘めているはずである。

「半永久と思え。状況が変われば伝える」

「状況て何ですの。本家の代が替わるとか、うちの組長が引退……」

「おい」

友定が語気を荒らげた。

「軽率なことを口にするな。うちの組長は本家の会長代行や。いまは事実上のてっぺんにおられる組長の下がぐらついてたら話にならん。組長は松原組が一枚岩と示すことで、神俠会の結束を固め、いまの難局を切り抜けようと考えておられる」

「本家が安定すれば……」

「くどいわ」

松原のひと声に、長谷川が首をすくめ、ほかに数人の若衆がうなだれた。

松原が両の手のひらを膝頭にあて、ぐいと胸を反らした。

「不満のあるやつはいま手を挙げろ。この場で、盃を割ったる」

すかさず、友定が背後の木箱を手に抱え、膳の前においた。

中身は容易に想像がつく。松原と交わした兄弟、親子の盃が入っている。

村上は、固めの盃を用意したことに、松原の並々ならぬ意志を感じた。

松原は、ゆっくりと、しかし、睥睨《へいげい》するような眼で一同を見渡した。

「異存はないのやな」

「おすっ」

村上は力強く発した。

不満がないわけではない。しかし、松原の気迫がかつて抱いた極道者への憧れと共鳴し、声になった。極道社会のどろどろとした部分が垣間見《かいまみ》えるようになったことへの反撥もあって、褪《あ》せかけていた感覚がよみがえった。

となりの野口が続き、若衆たちもつぎつぎと同意を口にした。

不満があろうとも異を唱える者などいるわけがない。

村上はそう思った。

だが、確信にも似たその思いは打ち破られた。

「考える猶予をください」

そう言ったのは長谷川だった。

舎弟の末席に座る海野《うんの》が同調した。

「そこまで締めつけたら極道者の士気を削ぐことになりませんか」

松原が海野を睨んだ。

「親に忠義を尽くすのが極道者のあるべき姿や。おまえの面を鏡で見ろ。なにが士気や。わいに極道を語るのは十年早いわ」

視線をそらす海野へさらに怒声が飛んだ。

「とっとと見てこい」

海野が飛び跳ねるようにして立ちあがり、襖のむこうに消えた。

松原が長谷川にも切りかかる。

「おまえはどうする。赤湯で欲の皮でも洗いおとすか」

「そうさせてもらいます」

長谷川は平然と返し、腰をあげた。

なんとも言えない、緊張をはらんだざわめきがおきた。

下座にいる若衆のなかには腰をうかしかける者もいた。松原か友定のひと言で長谷川に襲いかかる気なのだろう。

だが、松原も友定も口を閉じたままだった。

ややあって戻って来た海野が松原の前で正座し、神妙に詫びを入れた。

村上は、息を忘れて一連の光景を眺めていた。

松原の、ふるえあがるほどの迫力に圧倒されながらも、親の松原に一歩も退かなかった長谷川にもある種の畏怖《いふ》の念を抱いた。

結局、長谷川が席に戻ってくることはなかった。


美山勝治はテーブル上の一箇所をじっと見つめていた。

赤いガラスに囲まれていても蠟燭《ろうそく》の炎は撓《たわ》んだ。

キャンドルライトのずっとむこう、バンドマンが『タブー』を奏で、ステージ手前のフロアには身体を寄せ合う男女の影がある。

生田神社の西側にあるナイトクラブ・ナイト&デイにいる。

「のう、美山」

声がして、美山は顔をあげた。

円形テーブルの正面に高木春夫がいる。

右に松原組の長谷川、左には兵庫県警本部の長内が座っている。

「おまえはどう思う」

美山は、問いかけた高木ではなく、長谷川に話しかけた。

「松原の伯父貴に詫びを入れ、時期を待つべきや」

「本家の直系になった兄弟には俺の気持ちがわからんのや」

「わかってる。けど、おまえがじたばたしてもどうにもならん。伯父貴の気性は知ってるやろ。伯父貴だけやない。いま事を荒立てれば、身内の造反と見做《みな》され、直系の組長連中は誰もおまえの味方をせん」

「俺が護ったる」

高木が声高に言った。

美山は視線を移した。

「高木さんは首を突っ込まんほうがいいと思います」

「なんでや」

「長谷川の件は松原組内のことです。それに、事務局長になったばかりで波風立てるのは得策とは言えません」

「気に入らん」

高木が顎を突きだした。

「三億円も献上して、事務局長の格は若頭補佐の下や」

「それとこれとは……」

「おなじや。代行がそう決めたらしい」

「けど」

「けどもへちまもあるかい。おまえは代行に遠慮しすぎる」

「そんなことはありません。ただ、伯父貴を敵にまわさんほうがいいと」

「とっくにまわってる。西本若頭が懲役に行ったあとの、幹部会参加の件でおまえが俺を推したときも、村上の一件でも、俺は代行に煮え湯をのまされた」

「しかし、今回のことは……」

「最後まで話を聞け。おまえは、西本組と大村組が神俠会の二大勢力と考えてるようやが、俺は違う。いまの神俠会を束ねてるのは代行や。若頭が刑務所におるあいだに、会長の身にもしものことがあれば、代行が四代目を継ぐ可能性は高い」

「ありえません。伯父貴は引退の覚悟をされてます」

そやから俺は、松原の伯父貴ではなく、あんたに賭けた。

あとに続く言葉は口にしなかった。

「あいかわらず、あまいのう」

「……」

「人間の欲は諦めを知らん。代行かて眼の前に人参がぶらさがれば気が変わる」

「高木の伯父貴の言うとおりや」

長谷川が声を張った。

「俺らは極道者や。てっぺんに立てるんなら、引退の覚悟もへったくれもあるかい。誰にどう思われようと関係ない」

「そうはいかん」

美山はむきになった。

「神俠会は、多少の内輪もめがあっても皆がそれぞれに折り合ってきたからおおきな一枚岩になれたのや」

「昔話に興味はない」

高木が吐き捨てるように言った。

「俺は、五年十年先を睨んでるんやない。チャンスは自分で作らなあかん。俺が神俠会のトップに立てば、おまえは若頭になれる。いまがその正念場や」

美山は口を噤んだ。

自分のめざす方向性は間違っているのではないか。

村上と加治の面倒事があって以来、美山はそんなことを思うようになった。いまさら高木と距離をおく気はないが、高木の意のままに動かされるつもりもない。

「なあ、美山」

ずっと黙っていた長内が声を発した。

「まだ加治組の件を気にしてるんか」

「あたりまえや。高木さんもあんたも、俺とギイチの仲を知っていて……」

「そやから黙ってたんやないか。新開地は加治組の島内で、加治組の台所は火の車……高木さんが加治組に手を貸すのも当然やろ」

「もうええ」

美山は視線をそらし、煙草を喫いつけた。

長内への不信感は怒りが爆発しそうなまでにふくらんでいる。

県警捜査四課の刑事とは持ちつ持たれつの関係で、端から信用しているわけではないが、長内の変わり身の早さには呆れを通り越して、向かっ腹が立つ。

長内は退きさがらなかった。

「このさいやからはっきり言うておくが、兵庫県警は神俠会がいまのままの体制やったら壊滅作戦を強化する方針や」

「どうなったら昔のように仲ようなれる」

「近代的に様変りすることやな」

「わかりやすく言え」

「ここだけの話……県警本部は、高木さんの四代目に期待してる」

「ほんまの話か」

「力の時代はおわった。県警も昔の腐れ縁を引き摺ったままでは近代化を図れん。壊滅作戦は建前で、神俠会とは新しい関係を築きたいのが本音や」

「東京の伝書鳩みたいなことをぬかすな」

「なにっ」

「あんたは骨の髄まで兵庫県警のマル暴刑事や。近代化とか、死んでも似合わん」

「ふん。毒を制すには毒をや。警察庁の言いなりにならんためにも、神俠会が生まれ変わって、俺らとの関係を深める必要がある」

「極道者がたやすく変われるか。それほど器用なら堅気でも生きられる」

「どういう意味や」

高木が血相を変えた。

「俺は四代目になれんとでも言いたいんか」

「高木さんが四代目になっても、神俠会が企業になるわけではありません。つまり、警察は絶対に手を弛めません」

「そんなことはない。俺は県警本部の幹部連中と気脈をつうじてる」

「神俠会への壊滅作戦は警察庁の方針です」

「二、三年で顔の替わるキャリアの連中など知ったことか」

「県警に根を張る幹部もあまり信用せんほうがいいと思います」

「おまえのほうこそ、ええかげんで腹を括れ。俺と一緒に神俠会のトップをめざすか。それとも、代行に遠慮して組織のはざまに埋もれるか」

「高木さんについていくと決めてます」

「それなら講釈をたれるな」

美山は視線をおとした。

その先で、蠟燭の炎が力なくゆれていた。

朋子の腹は日毎にふくらんでいた。

出産予定日の五月五日まであと三週間に迫った。

このひと月、村上は用事がないときは部屋で夕食を摂り、小百合が帰宅する前に事務所へ戻る日々が続いている。朋子に心配をかけたくない思いがそうさせた。

神侠会は一応の平静を保っているとはいえ、火薬庫はあちこちにある。

松原組の内部もそのひとつだった。先日の定例会での出来事が尾を引いているのか、幹部らが頻繁に本部事務所を訪れている。

村上も足を運び、組内の動向を観察した。事務所では若衆の誰ひとりとして長谷川の名を口にしないけれど、考えていることは皆おなじだろう。

松原の性格からして、組織の方針に異を唱えた者を放置しておくとは思えない。

村上は、松原の命令がくだれば、誰よりも早く動くつもりでいる。

ただ、気になることがある。美山の存在だ。

美山はかつての兄弟縁で長谷川と親しい。村上が美山組の舎弟だったころ、美山と長谷川はよく東門を呑み歩いていた。

村上は、美山が動かないことを願っている。

何事にも筋目を重んじる美山なので、よその組織の面倒事には関わらないと思うけれど、最近の美山と松原のぎくしゃくした関係や、美山の人脈を考えれば、自分の願いどおりになるとは確信できなかった。

村上は、不安を抱えながら松原の決断の時を待っていた。

「ねえ」

朋子があまえるように言った。

「なんや」

ソファに横になったまま応じた。

座り心地がいいらしく、ベランダ際のチェアーは朋子に奪われてしまった。

「怒ったらあかんで。お腹の子が泣くさかい」

「前置きはいらん」

「きのう、あんたのおかあさんに会ったんよ」

「えっ」

村上は思わず飛び起きた。だが、二の句はでなかった。

「うちなりのけじめをつけたかったんや」

「どうして家がわかった」

「シンちゃんに案内してもろうた」

「あのくそガキ」

「うちがむりを言うたんや。あんたに内緒にする約束で」

「ほな、喋るな」

口調は乱暴でも心のなかは穏やかだった。

「おかあさんに言われた。あんな半端者の嫁になってくれてありがとうて……うち、ぼろぼろ涙がでたわ。ほんま、会えてよかった」

村上は急いで煙草をくわえた。

身体がふるえだしている。心は波を打ちだした。

「おかあさんに約束したんよ」

「……」

「あんたは半端者やない。必ず一人前の男になれる。うちはそう信じてるから、死ぬまで義一さんについて行く覚悟ですて。そしたら……」

朋子が上をむいた。

村上はものを言えなかった。

朋子の頬が濡れて光った。

「おかあさん、ぼろっと涙を見せはって……」

「もうええ」

「あんたも意地張らんとき。やや子ができたら、二人で見せに行こう。おかあさん、きっとよろこんでくれる」

「考えとく」

村上はぶっきらぼうに返し、腰をあげた。

これ以上、朋子と話をしていれば、母の様子や生活ぶりを訊きたくなる。

「もう行くの」

「きょうは賭場が立つ」

「シンちゃんを怒ったらあかんよ」

「わかってる。おまえの口が軽いのがばれてしまう」

村上はそそくさと玄関へむかった。

「ぎょうさん稼いできてや」

朋子の弾んだ声が背の慈母観音に沁《し》みた。

事務所に入るや、若衆たちが元気な声を発した。

ほっとする一瞬である。

まもなく午前零時になるところだ。

胴師の交替時だったのか、ソファに五人の客がいた。

村上は、いつもの席に腰をおろし、客たちに声をかけた。

常連客のひとりが笑顔をむけた。

「いつも盛況ですね。たまによその賭場を覗くけど、ここほど活気のある賭場はない。客筋は申し分ないし、若衆も元気があって気持ちええ」

「けど、遊ぶ席がなくなるんやないかと、のんびり飯も食うてられん」

傍らの不動産屋が返し、村上を見た。

「ひろい事務所を構えられたらどうですか」

「商売上手やな」

村上は笑顔で応じた。

「松原組の大幹部になられたんや。それなりの城を持たな格好つかんでしょう。ご祝儀のつもりでお世話させてもらいます」

「どうせなら一軒家がいいですね」

「こら、新之助」

村上がたしなめても、新之助は黙らなかった。

「これからは所帯もおおきくなります。おやっさんも留守がちになるやろし、姐さんが傍におるほうが若衆も引き締まります」

「あいつのことはええ」

「おやっさんのためです。事務所と自宅がくっついてたら気が休まります」

「そうかもしれんが、時期が悪い」

村上はさりげなく返した。

常連客といえども、神俠会が面倒事の火種をかかえているのを知れば、巻き添えを食うのを恐れて賭場に寄りつかなくなる。

新之助はすぐに悟ったようだ。

「若頭がでて来られるころがいいですね」

「いつですの」

不動産屋が村上に訊いた。

「あと一年か、一年半か」

「それなら物件をあたりはじめても早くないと思います。とりあえず適当な土地を押さえて、上物は若頭の出所に合わせて建てればいいでしょう」

「まかせるわ。けど、あんたらが賭場にゼニをおとしてくれんと、豪勢な事務所も絵に描いた餅になる」

「あかん。一本獲られた」

不動産屋が薄い頭に手をやった。

それを潮目に、客たちが賭場へ戻った。

部屋には五人の若衆が残った。新之助と篤を除く三人は新人である。松原組の若頭補佐に昇格したのを機に五人の若者と親子盃を交わした。

新之助が口をひらいた。

「気になることがあります」

「なんや」

「きのうの夜、ナイト&デイで美山の伯父貴を見かけました」

「誰かと一緒か」

「高木さんと長谷川の伯父貴……それに、長内さんもいました」

村上は口元を歪めた。嫌な予感がよみがえり、胸がざわつきだした。

美山と長谷川の組み合わせが気になる。

「顔を合わせたか」

「気づかれなかったと思います。席が離れていて、自分は早々に出ましたから」

「様子はわからんな」

「顔ぶれから察して、長谷川の伯父貴の件で……」

「そんなことはわかってる」

苛立たしさが声になった。

「長谷川はいまだに事務所に顔をだしてない。きのう若頭と話したんやが、おやじさんはすこぶる機嫌が悪いそうな」

「あたりまえです」

めずらしく新之助が感情を露にした。

「おやじさんは事が表ざたになるのを気にしてる。会長代行の立場からも、鉄の団結といわれてる松原組にひびが入れば面目が潰れる。かというて、あまい処分をしたら、ほかの若衆に示しがつかん。おやじさんも若頭も頭が痛いやろ」

新之助が顔を近づけた。

「もう手を打ってるのと違いますか」

「ん」

「組長は筋目を大切にされるお方です。長谷川の伯父貴が指を詰めて詫びを入れるのならともかく、半端な処分をするとは思えません」

「神侠会は身内どうしの命《タマ》の獲り合いを禁止してる。やるにしても慎重になる」

「ご指示は……」

「ない。覚悟はしてるのやが」

「早いほうがよろしいのに。自分は、逆の事態がおきるのを心配してます」

「逆やと」

村上は語尾をはねあげた。

「どういうことや」

「親に絶縁されたら極道社会では生きていけません。そうなる前に……」

「あほぬかすな。おやじさんを狙うはずがない。それこそ生きてられん」

「長谷川の伯父貴はともかく、高木組には命知らずの連中がごろごろいます」

「赤井組の残党か」

「連中なら外様の看板を剝がすために何でもやるでしょう」

「ようやく幹部になれた高木さんが、リスク覚悟で長谷川に手を貸すとは思えん」

「勢いにまかせて一気に攻める手もあります」

「美山の兄貴がおる。兄貴が止める。うちのおやじさんに弓を引かすわけがない」

「いまの美山の伯父貴は事務局長を補佐する立場です。反対はしても、事務局長の意思を押さえるのはむりやと思います」

　村上は低く唸った。

　ありえないと思いながらも、新之助の推測を完全には否定できなかった。

「裕也と稔を呼べ」

「護衛につけますのか」

「おやじさんはいまでもひとりで呑み歩いてる。若頭も心配されてる」

「わかりました。自分が二人に話します」

「殺されたときが己の寿命……若衆を弾避けにしてまで生きながらえる気はないと……それがおやじさんの口癖や。そやから陰でガードさせろ」

「はい」

　賭場に消えた新之助は、すぐに裕也と稔を連れて戻り、そのまま別室に消えた。

　十分ほど経って、裕也と稔が村上の前に立った。

　顔の表情は対照的だった。裕也の顔は紅潮し、稔は青白く見えた。

　上着の内懐に拳銃を呑んでいるせいだろう。

「気をつけろ」

「おすっ」

村上は満足を顔に表した。

若衆は可愛い子だが、捨て駒でもある。


翌日の昼前、村上は美山組の事務所を訪ねた。

ほとんど寝ていない。賭場は午前六時に閉じたが、若衆らと朝食を摂ったあと、奥の私室でベッドに横になっても、ささくれる神経は鎮まらなかった。

きのうのことさえ忘れようとして生きてきたつもりだったが、義心会を立ちあげてからの三年の日々が胸中を駆け巡り、なかなか眠られなかった。

松原を護るために、己と義心会のために、美山に会う決意をした。

その結末がどうなろうと、極道者として受け容れるつもりだ。

美山は応接室にいて、村上が人払いを願うと、理由も訊かずに若衆をさげた。

「死人みたいな顔して、どうした」

余裕ともとれる言葉とは裏腹に、美山の表情は暗く感じた。

村上は背筋を伸ばした。

「きょうは、松原組の若頭補佐として来ました」

「おう」

「要件はうちの長谷川のことです」

「それなら本人に相談された」

美山は長谷川との接触をあっさり認め、言葉をたした。

「事務局長と三人で善後策を話した」

「長谷川はどうするつもりですか」

「さあ。聞いていても教えられん。おまえは先輩を呼び捨てにしてる。それだけで松原組でのあいつの立場がわかる」

「おやじさんに頭をさげ、時期を待つ気はないのですか」

「どうかな。いずれにしても、頼ってきた者を見捨てるわけにはいかん。わかってるやろ。俺と長谷川はおなじ釜の飯を食った仲や」

「うちの組内のことです。松原組出身の兄貴といえども干渉は無用に願います」

美山が憮然とした。

村上は間を空けなかった。考える隙が生じたとたんにひと言も言えなくなる。

「ましてや、事務局長のでる幕やないと思います」

「そこまで言うか」

「うちのおやじさんの気性、兄貴ならいやというほど知ってるはずです」

「俺が仲裁に入ればよけいこじれる。それがわかってるから頭が痛い」

「方法はひとつしかありません。長谷川が詫びを入れ、けじめをつける」

「あいつが拒否したら」

「破門か絶縁。ほかは考えられません」

極道者にとって破門と絶縁とでは天と地ほどの違いがある。

どちらも除籍処分ではあるが、破門は復帰の道が残されており、たとえ復帰できなくても極道者として生きて行くことはできる。絶縁は、破門より重い処分で、極道者にとって死に値する。絶縁を命じた親分は全国の同業者にその旨を記した回状を配り、以降、同業者は絶縁者とのつき合いを控えることになる。

「どっちや」

「おやじさんの腹ひとつ。自分は絶縁だと思います」

「そうよのう」

美山が嘆息を洩らした。

「そうなる前に、説得してください」

「とっくにしてる。けど、俺にはあいつの気持ちもわかる。神俠会の代紋を背負う以上、誰もが胸に純金のバッヂをつけたいと思うもんや」

村上はうなずいた。自分もそのために動いている。

しかし、美山は敵にまわしたくない。なんとしても衝突を避けたい。

それが村上の正直な願いであった。

「俺には松原の伯父貴の考えが理解できん。極道者のたったひとつしかない夢を潰すような命令をだすとは」

「神俠会の現状を案じ、みずから範を示して身内の箍《たが》を締めたのです」

「わかってる。けど、やりすぎや」

「極道者の筋目を粗末にしたらあかんと……自分が松原組の若衆になったとき、兄貴は身体を張って親を護るのが子の務めやと教えてくれました」

「己の道を突っ走れとも言った」

村上は応えなかった。美山と極道者の筋論を闘わせる気はない。

「どうやら、生きる道が違ってきたようやな」

美山がつぶやくように言った。

そのとき、応接室のドアが開き、美山の若衆が入ってきた。

「緊急の電話です」

美山が戻ったのは十分が過ぎたあとだった。無言のまま座り、腕を組んだ。顔の色が秒刻みで変化し、こめかみの青筋は破裂しそうなほどふくらんだ。

やがて、美山が口をひらいた。

「ここへ来たのはおまえの一存か」

「もちろんです」

「わかった。いますぐ松原組の事務所に戻れ」

村上は息をのんだ。松原組に異変がおきたのか。その思いが激しく胸をゆさぶった。

美山が言葉をたした。

「長谷川が撃たれた。即死や」

「まさか……」

続く言葉はでなかった。代わりに、ふわりと腰がういた。


松原の自宅前には三両の警察車が停まっていた。まんなかは青色の大型車で、その前後は黒塗りの乗用車だった。先頭の車の助手席に、県警本部の長内がいる。

すこし離れた路地角に見慣れた車が見えた。

村上は、その車に乗る裕也と稔にかるく手をあげ、門へむかった。

組長の自宅へ行け。

友定にそう指示された。

村上は、美山組の事務所をでたあと公衆電話へ走った。

電話での友定は多くを語らなかった。

松原組事務所は混乱をきたしているのだろう。

「待てや」

長内が声を発し、立ち塞がった。

「組長に会わせろ」

「入れてもらえませんのか」

「事情聴取も拒否してる」

「それなら自分にはどうしようもない」

「あまり意地を張ってると面倒なことになる。本部の幹部連中が松原組長の身柄確保に動いたら最後、俺もかばいきれん」

「寝ぼけてますのか。うちの幹部が的にかけられたんや」

「内部抗争という情報もある」

「知らんな」

「幹部になったからと図に乗るなよ」

「あんたのほうこそ義理は大事にしたほうがええ」

「なんやと」

長内が右肩を突きだした。

村上はそれを押しはねた。


応接室に案内された。

緑茶を飲み、煙草を二度三度と喫いつけた。

黒いスーツ姿の松原があらわれ、座るなり口をひらいた。

「野口が自首した」

村上は耳を疑った。

若頭補佐みずから拳銃を持つとは驚愕の極みである。野口が長谷川暗殺を計画したとしても、実行は若衆にやらせるのが普通である。野口にも三十余名の若衆がいる。

「わいの指示や」

松原の言葉にはつめたい響きがあった。

「そのお言葉、忘れることにします」

「あかん。しっかり胸に刻んで墓場まで持って行け」

「ほかに方法はなかったのですか」

「有馬温泉の定例会が、やつにとって最後のチャンスだった」

「最後……」

「長谷川は、去年の秋ごろから高木に接近し、本家の直系若衆への道をさぐって、なりふりかまわず画策してたらしい。ほんまにあほな男や。友定がわいの跡を継いだら、盃を直してやるつもりでいた」

「おやじさんには相談しなかったのですか」

「一年ほど前に直談判されたけど、怒鳴りつけた。若頭が収監され、神俠会の結束を強めなあかんときにとち狂うたことぬかすなとな」

「それで高木さんに擦り寄った」

「そういうことになる。高木はゼニしか信用せん男や。本家の新築費の三億円を会長に献上し、その見返りとして事務局長の座を手にした。高木は自分が面倒見てる連中を本家の直系若衆にしたいと考えてる。長谷川もそのひとりやった」

「そのことを、本家の会長や若頭はご存じなのですか」

「もちろんや」

「今回の件も……」

「会長と西本には事前に承知してもろうた。もっとも、できることなら穏便に済ますよう言われたが、あのあほにはつうじんかった」

村上は納得した。

有馬温泉での騒動のあと、松原が口を閉ざしていたのは、滝川会長と服役中の西本若頭の内諾を得る時間が必要だったからだ。

「事務局長はどうでるでしょうか」

「あと一時間後に緊急の執行部会が始まる。高木などほっといても構わんが、大村や谷口がどうでるか。見ものやな」

楽しんでいる口ぶりではなかった。

村上は気が気でなくなった。

先刻の、別れ際の美山の顔が頭から離れない。これから戦を始めるような形相だった。

「真相を話されますのか」

「その気はない。高木を処分すれば、神俠会のごたごたを世間にさらし、警察やマスコミの餌食《えじき》にされる。今回の件はあくまで、しのぎ絡みの、個人的な怨恨による殺人《コロシ》……それで押しとおす。そやから、野口本人にむりを頼んだ」

野口なら刑事の執拗な攻めにも耐え、真相をひた隠して刑務所に行くだろう。

村上は、松原と野口の、羨ましく思えるほどの絆を感じた。

「のう、ギイチ」

「はい」

「極道者がのしあがっていくのに必要なのは何やと思う」

「ゼニと力です。舎弟になったとき、美山の兄貴にそう教わりました。これからの時代は頭を使わなあかんとも」

「ふん」

松原が鼻を鳴らした。

「おやじさんは違いますのか」

「違うとは言わんが、そこらが美山の壁やな」

「壁……」

「ゼニで買えん、力や頭でも獲れん、唯一のものがある」

「なんです」

「ハートや。男の気骨と言うんか。わいは引退を決めて、そう思うようになった」

「……………」

「わいもおまえも似た環境に生まれ育って、極道者になった理由もたいして変わらんやろ。

極道をやってる以上、そのときの気持ちを忘れたらあかん。これからの時代は差別も貧困もなくなるけど、表向きのことや。そやからハートを大事にせな己を見失う」

「胸に刻んでおきます」

「それと……今回の件に美山は絡んでないさかいな」

村上は返答に困った。

つい三十分ほど前、長谷川に相談されたと聞かされたばかりである。

本気でそう思っているのか。それとも、自分と美山の関係を苦慮しての言葉なのか。

村上は松原の真意をはかりかねた。

「ええな」

松原が野太い声を放った。

村上はうなずくしかなかった。

「いろいろ気を遣わせて済まんのう」

「とんでもありません」

「おまえの若衆……これのとき邪魔やけどな」

松原が小指を立て、にんまり笑った。

この人にはとてもかなわない。

いや、恐ろしい。

そう思いながら、松原を見つめた。

第六章　二つの侠気

くしゃくしゃの顔が飛んできた。

去年の秋に刑務所を訪ねて以来なので半年ぶりの再会である。

高橋孝太の息で透明な遮断板が曇った。

「さすがは松原組の大幹部。貫禄がおますわ」

「あほか」

「同房の皆に自慢してますねん」

「一級になったそうやな」

「おかげさまで」

受刑者たちは生活態度や仕事ぶりを判断材料にランクがつけられる。一級になれば模範囚として仮釈放の時期が早まる。

「年内には出られるかもしれん。そしたら盛大に放免祝いや」

「楽しみにしてます。結婚式も一緒に」

「おう。小百合がよろこぶ」

孝太が手のひらをふった。

「自分やなくて、おやっさんの結婚式です。もうじき産まれますのやろ」

「おまえ……」

村上は視線をそらした。

ちかごろは感情の起伏が激しくなり、それを制御しづらくなっている。

この一週間あまり、思案する時間が増えた。人を殺める前は世間にも己にもむきになって反撥し、刑務所を出たあとはひたすら美山の背を見て突っ走った。

これから先どうなるのかわからないけれど、自分と美山のあいだにある障害物を避けて通るのはむずかしいだろう。

ようやく意志が固まりかけて、孝太に会おうと思った。

「おやっさん」

孝太が声をひそめた。

「大丈夫ですか」

「なにが」

「長谷川の伯父貴の事件が面倒になってるようで……」

刑務所にいても世間の出来事はわかる。

長谷川射殺事件はマスコミがおおきくとりあげた。とくに男性週刊誌は、滝川会長が脳梗塞で倒れて以降の、神俠会の動向に絡めて、面白おかしく書き立てている。

警察の捜査は収束にむかいだした。自首した松原組若頭補佐の野口はかたくなに個人的な遺恨と言い張り、松原組の誰もが口を閉ざしていることもあって、警察は野口の単独犯行として起訴する方針を固めたようである。
二、三日前から自宅や事務所の周辺で刑事を見なくなった。
神俠会も一応の平静を保っている。

直系若衆のなかには、松原の監督責任を問う者もいるが、反主流派の大村や谷口は静観を決め込んでいる。野口の凶行は会長も服役中の西本若頭も了承済みとわかっているのか、あるいは、神俠会の勢力構図を見極めようとしているのか。

村上はそんなふうに状況を読んでいる。

「あれはもう片がついた。おまえがあれこれと心配してるのやないかと思うて来てみたが……案の定やった」

「ほんまですか」

「大事な若頭に嘘はつかん」

孝太が表情を弛め、背をまるめた。

村上はそっと安堵の息をついた。孝太に胸中を悟られるようでは心もとない。

高木への疑念と不安を払拭できないので、五郎に新人の三人をつけ、ひそかに高木と美山の動行を監視させている。

――今回の件に美山は絡んでないさかいな――

松原のひと言は信じていない。

美山は、長谷川との接触を認めたばかりか、自分を頼ってきた長谷川を見捨てられないと言い切ったのである。

それが何を意味するのか。

村上にはわかる。わかりたくなくて、この一週間、ひたすら美山のことを考えた。

十年間の美山との日々を思った。

不安は消せなかった。

自分の心中をおもんぱかっての松原のひと言が己の覚悟の邪魔をした。

「おまえは放免されたあとのことを考えろ。俺は松原組幹部としての用事が増える。義心会はおまえが仕切らなあかん」

「自分に務まりますやろか」

「そんな弱気でどうする」

「若衆が増えて、自分に束ねられるか、不安です」

「自信がないなら盃を返せ。新之助に裕也……代わりはなんぼでもおる」

孝太が唇を嚙んだ。

「ええか。おまえはあと半年ほどで放免される。それまでに胆《たん》を据えろ」

胆を据える。

それは己が欲していることであった。


「孝太はどうやった」

朋子が身を乗りだした。

となりで、小百合が瞳を輝かせた。

マンションに帰ったところだが、煙草を喫う時間も与えそうにない。

「先にコーヒーをくれ」

「うちが淹れるから、あんたは孝太の話を聞きなさい」

朋子が小百合に声をかけ、キッチンへむかった。

村上は小百合の顔を見つめた。

この二、三か月のあいだに顔から幼さがぬけ、ずいぶんと女っぽくなった。朋子から小百合の日常を聞かされていなければ、男ができたかと疑りたくなるほどである。

女は男と肌を合わせるごとに磨きがかかり美しくなるという話を聞くが、実際は恋する心が顔の雰囲気を変えるのだろう。小百合を見ているとそんな気がする。

小百合が口をひらいた。

「コウちゃん、涙を流してよろこんだでしょう」

「おまえのときはどうや。おまえが垢ぬけて、やきもきしてるのと違うか」

「それならうれしいけど……うちが精一杯化粧して会いに行っても、コウちゃんはぜんぜん褒めてくれません」

小百合が不満そうに言った。それでも、顔つきはあかるい。

「あいつは不器用で、照れ屋や」

小百合が苦笑し、すぐ真顔に戻した。

「会長さんがどんどん出世して、若い人も増えて……うちは、コウちゃんに義心会の若頭が務まるのかどうか、心配してます」

「孝太もおなじことを言うたわ」

「ほんまですか」

小百合が甲高い声をあげた。

村上は笑ってうなずいたけれど不安が募った。

それどころか、臆病な孝太と呑気な小百合を怒鳴りつけたくなった。

面会に行ったのは孝太の腹の据わり具合を確かめたかったからだった。

義心会を立ちあげたときに、跡目は孝太に継がせると決め、ついひと月前まではその決断に疑念を抱かなかったけれど、周囲に漂う危険なにおいを感じるようになり、義心会の将来を真剣に考えだした。

それだけに、孝太の言葉は不満だった。

孝太が若いうちに、義心会が順調なあいだに試練を与えるつもりで鬼島組事務所への襲撃を命じたのだが、人選を誤ったかもしれない。自分が美山にされたように、孝太を傍において厳しく育てればよかったのではないかとの後悔の念がめばえている。

村上は小百合に訊いた。

「極道者の嫁になる覚悟はできてるのか」

小百合がこくりとうなずいた。はにかむ顔に不安の翳はなかった。

「よし、準備はしてやる」

「よかったな、小百合」

戻ってきた朋子が笑顔で言い、両手でおおきな腹を撫でまわした。

「おまえが一歳になったら遊び友だちができるで」

「ねえさん」

小百合の顔が真っ赤になった。

そのとき、電話が鳴った。

いやな気がした。おなじ音でも、心の有様で音量も音色も違って聞こえる。

《新之助ですけど、おやっさんは》

「俺や」

《ご報告があります》

新之助の声にただならぬ気配を感じた。

「わかった。そっちに行く」

電話を切ったときは朋子や小百合の顔から笑みが消えていた。

義心会の事務所はひっそりと静まり返っていた。

応接室にいるのは新之助だけで、いつもなら夕食の準備をしている時刻なのに、キッチンからは若衆の声どころか、俎板《まないた》を叩く刃音さえも聞こえてこない。

「ほかの連中はどこや」

「奥の部屋に控えてます」

「よほどのことがあったようやな」

新之助が唇を舐めてから口をひらいた。

「五郎から連絡がありまして、美山の伯父貴は大阪の金田《かねだ》組の事務所におられます」

「赤井組の若頭をしてた金田さんか」

「はい。伯父貴は、一時ごろ三宮で高木組長と食事をしたあと、ひとりで大阪にむかわれ……着いた先が金田組でした」

「そんな思い詰めた顔をすることか。高木さんは勢力の拡大を企んでる。金田組をとり込む気かもしれん」

「金田組長は赤井組幹部のなかで唯ひとり、一本立ちした方です。そんな人がいまさら高木組の傘下に入るとは思えません」

「おまえの考えは」

「いやな予感がしてます。長谷川さんの件が尾を曳いているような……」

「それはない」

村上は声を強めた。

「執行部会でおやじさんはお咎めなしと決まった。監督責任で詫びを入れられたそうやが、親に逆らった長谷川に非があるいうことで落着した」

「事務局長の関与は問題にならなかったのですか」

「ならん。大村の伯父貴らは、高木さんと長谷川がつるんでいたのさえ知らん」

「組長はどうして事情を説明しなかったのですか」

「そとに洩れるのを心配してのことや。幹部の誰もがライバルの隙を突こうと狙ってる。真相を知った誰かが意図的に情報を流せば、せっかく鉾《ほこ》を収めた警察がまた動きだす」

「高木さんは助かったわけですね」

「ん」

村上は眉根を寄せた。

新之助が話を続ける。

「味をしめて、また何かを企むかもしれません」

「可能性はある。なにしろ、高木は経済やくざや」

新之助が頬を弛めた。

「うまい言い方ですね」

「おやじさんの受け売りや。おまえは知ってたのか」

「企業の利権に絡んだり、企業のトラブルを仲裁したりする連中のことですやろ」

「ああ」

村上はそっけなく返した。初めて経済やくざの正体を知った。

「つぎはどう仕掛けてくる気でしょうか」

「つまらんことを考えるな。相手がどうでようと受けて立つまでや」

「自分が心配してるのは美山の伯父貴です」

「関係ない」

村上は乱暴に言った。

長谷川射殺の一報を聞いたとき、自分と美山は修復不能の仲になった。

——いますぐ松原組の事務所に戻れ——

あれは決別の言葉だった。

あのまま居続ければ殺されかねないほど、美山は鬼気迫る形相を見せた。

村上は煙草をふかしてから口をひらいた。

「極道やるのも楽やない」

「………」

「おまえは極道やめたらなにをする」

「考えたこともありません」

「俺もや。そやから、なんぼ考えてもどうにもならんことでくよくよするな。それより、どんな状況にも対応できるよう覚悟をせえ。用心を怠るな」

「はい」

新之助が応え、ややあって言葉をたした。

「念のために金田組を見張りますか」

「むだや。かりに金田さんが高木さんになびき、うちのおやじさんを狙うとしても己の子飼いは使えん。それこそ三日と生きてられん」

「組長の護衛を増やしましょう」

「いらん。おやじさんは本家へでかける以外は家におられるそうな。車は防弾ガラス、自宅には部屋住みの若衆がおる。こっそり女のところへ行かんかぎり心配ない」

新之助がなにか言いたそうな顔をした。

長谷川は愛人の部屋をでたところで襲撃された。

そのことが頭をよぎったのだろう。

村上は言葉をたした。

「おまえもおやじさんの性格は知ってるやろ。それに、うちの若衆が金魚の糞みたいについてたら、警察になにかあると勘ぐられる」

「ですが、万が一のときに護衛がたったの二人では……」

「裕也がおる。あいつは銃弾を恐れん」

村上はソファにもたれた。

新之助にも不満を覚えた。

極道者の覚悟を持てと説いたばかりなのに、不安を口にした。

平時には発揮できる才覚が有事になると萎んでしまう。

極道者に成りきれていないのだ。

一分か、二分か。長く感じる沈黙を新之助が破った。

「友定若頭に相談されたほうが」

「どあほ」

村上は怒声を浴びせた。

「俺をみくびるな」

「そんなつもりで……」

「俺ひとりの手に負えんさかい、友定の兄貴に……」

「ち、違います」

新之助が必死に顔をふった。

組長にもしものことがあれば、おやっさんがひとりで責任を負うことになります」

「それならそれで上等やないか。人を頼ることはあっても、けじめをつけるのは己ひとり。それが極道者や」

「……」

「野口がああなって、松原組の幹部は友定の兄貴と俺しかおらん。兄貴は松原組の大黒柱で、跡目を継ぐお人や。動くのは俺と決めてる」

新之助の顔から血の気が引き、瞳がぶれだした。

村上は波打つ感情をこらえた。

孝太も新之助も義心会に欠かせない男だが、ここ一番での心の脆さが気に入らない。

人は誰でも不安をかかえている。どんなに精神力が強くても、湧きでる不安を完全には払拭できない。人生の勝負処では、不安を覆い隠す決断力と、忘れさせる行動力が必要なのだが、それを頭で理解していても、身につけるのは容易でない。

そう感じているからよけいに、身内の弱点が神経を苛立たせる。

だが、愚痴ったところで仕方ない。持てる手駒で最善を尽くすしかない。

たとえ手駒が自分から離れても、己はいる。

美山の傍にいて、松原を見て、学んだことがある。

覚悟に支えられた信念は何があろうとゆれることはないのだ。

「しのぎのほうはしばらく中止しろ。ゼニは大丈夫か」

「二、三年分の蓄えはあります」

義心会のカネは新之助と朋子にまかせてある。

「それより姐さんのほうが心配ですわ。気苦労はお腹の子に障ります」

「いらん心配や。おまえは若頭代行として義心会のことに心を砕け」

村上はソファに横たわり、眼をつむった。

これ以上の会話は自分をむなしくするだけのように思えた。


あたりはすっかり闇に包まれているのに、神侠会本家の敷地には煌々《こうこう》と灯がともり、光の輪のなかで建設機器が稼働している。

裕也は工事の様子など気にも留めなかった。クラウンの助手席からひたすら本家の玄関を見つめている。運転席の稔もおなじだった。

松原が本家の邸内に消えて三時間になる。いつもなら二時間たらずでおわる執行部会は長引いているようである。

裕也が何本目かの煙草を口にくわえたときだった。

玄関の扉が左右に開き、灯と共に男たちが飛びだしてきた。本家付きの若衆たちはまたたく間に、八の字に列を作った。

そのあと数人の男たちが出てきた。しんがりに松原があらわれた。

裕也と稔は外に飛びでた。

キャデラックの運転席にいた男は、早くもドアを開き、松原を待ち受けている。

裕也と稔は、運転手兼ボディガードの重光《しげみつ》と正対し、背筋を伸ばした。

松原が重光に声をかける。

「おまえは先に帰れ。わいはこいつらの車に乗る」

松原が裕也を指さした。

「こっちの車に乗ってください」

「わいに命令するんか」

松原がだみ声を放った。

重光は怯まない。

「組長のガードは自分の仕事です」

「こいつらもおなじや」

「あっちの車は防弾ガラスではありません」

「くどい」

松原がそっぽをむき、クラウンのほうに歩きだした。

裕也はあわてた。足がもつれながらも、松原の先にでた。

重光も動いた。すばやく松原の前にまわり、腰をくの字に折った。

「お願いします。言うことをきいてください」

松原が苦笑を洩らした。

「わいは、こいつらと話をしたいのや。心配ならわいの自宅で待ってろ。行き先が決まったら連絡する」

渋々の表情で承諾した重光が、裕也に眼光を飛ばした。

「頼むぞ。組長の身に……」

「どあほ」

松原が一喝した。

「若頭補佐の若衆を威してどうする」

「すみません。では、ご連絡をお待ちしています」

重光がクラウンの後部座席を開けた。

稔が運転を務め、裕也は松原のとなりに腰をおろした。

車はゆっくりとした速度で檜造《ひのきづく》りの門を潜りぬける。

舗道に出るとすぐ、裕也は上着のボタンをはずした。

腰のベルトにはS＆W製のオートマチック八連発三十二口径を差し込んでいる。

裕也は銃把《じゅうは》に手をふれた。全身に緊張感がほとばしる。

松原が口をひらいた。

「ギイチのときも拳銃《チャカ》を握ってるのか」

「いえ」

「わいをギイチと思え」

それはむりです。

とっさにうかんだ言葉は声にならず、裕也は別のことを口にした。

「お願いがあります」

「なんや」

「うちの事務所に連絡を入れさせてください」

「あとでな」

「あのう……」

稔がちいさな声をだした。

「どちらへ」

「まずは飯でも食おう。おまえら、なにがええ」


一時間ほどかけた食事は何事もなくおわった。

裕也はせっかくの馳走も堪能できなかった。松原は冗談を交えて気さくに話しかけてくれたのだが、どんな内容だったかも覚えていない。

店をでると、松原は行く先を告げずに東門のメインストリートを歩きだした。

ゴールデンウィークまぢかの乾いた風が、ひさしぶりにあらわれた松原を歓迎するかのようにやさしく吹き流れる。

裕也は、松原の心臓に近い左側を歩いた。反対側を護る稔は、右手をジャンパーの内懐に入れたまま、周囲に視線を巡らしている。

松原は行き交う男たちの挨拶に応えながら歩き、やがて路地に入った。

雑居ビルの二階の、クラブ・シャレードの扉を開ける。

なかに入るや、ロングドレスの女が駆け寄ってきた。

「もう、電話もくれんと」

女の手のひらが松原の胸を打つ。

松原があやすように女の肩を抱いた。

「心配してたんよ」

女が松原の耳元で言った。

カウンターにひとり、ボックス席に五人の客がいた。皆が堅気に見える。おなじ空間に松原がいると知れば、彼らはそそくさと退散するかもしれない。松原組の名は極道社会に興味のない人々の記憶に残るほど新聞や雑誌に登場していた。

松原が笑顔で応じる。

「由紀《ゆき》の顔を見たら元気になったわ」

「ほんま」

由紀が声を弾ませ、松原の腕をかかえた。

松原が奥まった席の中央に腰をおろすと、三人のホステスが囲むようにした。ママの由紀は松原の正面の椅子に、裕也は端に座った。

「のんびりせえ」

松原のひと声に、裕也はぎこちない笑みを返した。

すでに神経はかなり消耗している。神侠会本家で声をかけられて以降、心臓は高鳴り続けている。緊張しすぎて幾度か尿意をもよおしたが、トイレには行かなかった。膀胱が破裂しようと、松原の傍を離れない。

そう決めている。

となりの女が邪魔だ。女のせいで、松原の心臓とは一メートルの距離がある。ソファの反対側に腰をおろした稔が指で円をつくった。応援部隊がくるようだ。それでも神経は弛まない。義心会の事務所から車を飛ばしても十分はかかる。

由紀が松原に話しかけた。

「めずらしいね」

「ん」

「いつもひとりやのに」

「たまには若い者と呑まな老け込む」

「あら、若い女のエキスでたりてるんやないの」

「わかってないのう。男の色気というもんは男に惚れられてええ艶がでるんや」

支配人が二本のボトルを運んできた。ヘネシーのＶＳＯＰとジョニーウォーカーのスウィング。ブランデーとスコッチの違いこそあれ、どちらも値が張る。

「どっちがお好み」
由紀に訊かれ、裕也は戸惑った。酒を呑むつもりはさらさらない。
松原が助け舟をだした。
「こいつら車やさかい、スコッチの薄い水割りを作ってやれ」
乾杯のあと、松原がブランデーグラスを口にあてた。
同時に扉が開き、二人の男がなだれ込んで来た。
フロアのまんなかで腰をおとし、両腕を伸ばす。二つの銃口が松原を捉える。
ホステスたちが悲鳴を発した。
裕也は、跳ねるように女を飛び越え、松原の盾になった。
テーブルが倒れ、ボトルやグラスの割れる音が響く。
稔がママを突き飛ばし、襲撃者に正対した。
裕也は銃把を握った。稔も拳銃を構える。
銃声が轟く。
稔の身体がぐらりと傾いた。
「稔っ」
裕也が叫ぶや、また敵の拳銃が火を噴いた。

稔が床に崩れた。

稔を庇《かば》う余裕はない。裕也は拳銃を水平に構えた。

三度目の銃声が鳴る。今度は連射だった。

裕也は思わず眼をつむった。

すぐに眼を開けたが、そのときは光景が一変していた。

男が絨毯に伏し、もうひとりは海老反りに倒れるところだった。

そのむこうに、体軀のいい男が見えた。ボディガードの重光である。

裕也はふりむくなり、声を絞りだした。

「お怪我は」

「俺より相棒や」

移した視線の先に重光がいた。膝を折り、稔の首筋にふれていた。

裕也は稔の耳元で叫んだ。

「死んだらあかん」

稔の顔は歪んでいた。唇がふるえながらひらいた。

「く、組長は……」

「無事や。安心せえ」

稔がさらに顔を歪める。今度は笑ったように見えた。

「喋るな」

頭上から松原の声がした。

ママがグラスターで稔の右の太腿を縛る。

稔は右の脇腹と太腿に銃弾を浴びていた。

客は消えた。ホステスたちも逃げだした。

「重光っ」

「はい」

重光が松原の正面に立った。

「おかげで助かった」

「はい」

「あとはわかってるな」

「これから生田署に自首します」

松原が裕也に視線をふった。

「おまえらのことは一生忘れん。感謝する」

「ありがとうございます」

裕也は深々と頭をたれた。

重光が踵を返し、開け放たれた扉にむかった。

そのとき、通路から複数の足音が聞こえた。

裕也と重光が身構える。

男たちが傾《なだ》れ込んできた。

先頭の村上義一は鬼の顔をしていた。


村上は、拙《つたな》い文字に気持ちをこめた。

生まれてこのかた、手紙をしたためるのは二度目である。

殺人罪で服役して間もないころ、母親へ不孝を詫びる手紙を書いた。

あの手紙を母は読んだのだろうか。

ふと思い、手を止める。

すこし書いては生ぬるい息をつき、誰もいない部屋に視線を泳がせた。

さまざまな思いが胸裡を浮遊し、時にはかさなり合い、ときに反撥し合った。

二枚の便箋を三つ折りにして封筒に収め、寝室の鏡台においた。

レースのカーテン越しのやわらかい陽光がベッドを這い、壁際のベビーベッドにまで射している。純白のちいさな布団がまぶしかった。

迷い込む風がメリーゴーラウンドをゆらした。

赤子の泣き声が聞こえたような気がした。

松原が襲撃された翌日の四月二十五日の朝、いやがる朋子を産婦人科病院へ連れて行き、強引に入院させた。自宅に居れば雑音が耳に入る。それでなくても、マンションの周辺は刑事やマスコミ連中がうろついている。

村上は、二十五日からきのうまでの三日間、長い時間を生田署の取調室で過ごした。

重光に射殺された二人はともに二十代の若者で、そのうちのひとりはかつて赤井組の末端組織に所属していた。その男の部屋から二百万円が見つかった。もっとも、それは中原警部補から耳打ちされた話で、警察は公表していない。松原組に報復攻撃の的をおしえることになりかねないからである。

松原を襲撃した二人はボディガードの重光に射殺され、重光はみずから生田署に自首したのだから、事件そのものは終結したことになるのだが、警察は、そうした事実を踏まえ、襲撃の背景や動機の解明に関心を注いだ。

元赤井組の若衆がどうして松原を襲撃したのか。

村上は、その一点に絞ってしつこく追及された。

執拗な事情聴取を受けたのは村上だけではなかった。松原はもちろん、クラブ・シャレードの関係者や、義心会の若衆も同様であった。

傍らの電話機に腕を伸ばしかけて、やめた。

この三日のあいだ、幾度となく美山の自宅や事務所に電話をかけた。

そのたびに、応対にでた者から不在を告げられた。

居留守を使っているのだろう。

なんでこうなった。

村上は、黒い電話機に話しかけた。

ハートか。

声がこぼれでた。

松原にも美山にもおなじ侠気を感じる。

おなじ極道者が、おなじ侠気を持っていても、むかう道は違ってくる。

心は破裂しそうだった。

壁の時計に視線をやった。時刻は午後二時。身支度を整え、窓にカーテンを張ったあと、思いを断ち切るよう早足に部屋をでた。

マンション前に停まる車に乗り込んだ。

運転席に金山五郎、後部座席には三木新之助がいた。

五郎が車を発進させると、車が尾《つ》いてきた。警察の監視は続いている。

村上は新之助に訊いた。

「稔の容態はどうや」

「けさは粥《かゆ》を食べたそうです」

上野稔は神戸中央病院に運ばれた。

裕也と共に銃刀法違反の容疑で逮捕状がでたので弁護士以外の接見は禁止されている。あと一週間もすれば警察病院へ移送され、本格的な取調べが始まるという。

新之助が稔に面会できたのは県警捜査四課の中原警部補のおかげである。彼の厚意というより、したたかな思惑と打算が働いてのことだろう。

「脇腹の弾が貫通したのが幸いしたようで、全治一か月だそうです」

「なによりや」

「稔のやつ、これで義心会の若衆になれた気がすると言ってました」

「はあ」

「若頭と鬼島組にかち込んだとき、稔は身体がふるえて弾を飛ばせんかったそうです。そんな話を内緒にしてるとは若頭もやさしいところがあります」

「気に入らん。俺らは看板を背負って生きてる。仲よしクラブやない」

「すみません」

新之助がうなだれた。

最近の新之助は感情が表にでる。先日の事務所での村上の叱咤に萎縮したのか、意見を言うこともすくなくなった。

五郎が前を見たまま口をひらいた。

「おやっさん」

「なんや」

「報復はやりますのやろ」

「もう二人も殺した」

「あんな雑魚ら……」

「五郎、慎しめ」

新之助が叱った。

だが、五郎は退きさがらない。

「おやっさん。俺は美山組長が金田組の事務所へ入るのを見てますのや」

「その場にあの殺し屋どもがおったのか」

「それは……けど、そうに決まってます」

「憶測では動けん」

「俺らは警察と違います。証拠など要りません」

「焦るな。いずれ真相はわかる。義心会が動くのはそれからや」

ルームミラーのなかで五郎が頰をふくらませた。

「ええか、絶対に動くな」

村上は、止めを刺した。

己がこれからどう動くのか。

決意は手紙に書きとめた。

朋子がいつ読むのかわからないが、そうしなければ心がゆらぎそうでこわかった。

手紙を書く前の数時間、いろいろなことが頭をよぎった。

死の恐怖がめばえたのは、いま恵まれた環境にいるせいか。まだやり残したことがあるからなのか。単に、臆病なのかもしれない。

だが、それでも極道を投げだす勇気はなかった。

松原は、いつもの居間ではなく、応接室にいた。

正面にはスーツ姿の友定がいる。

松原に会うのは、クラブ・シャレードでの事件以来、初めてである。

村上が友定のとなりに座ると、松原が声をかけた。

「苦労させるのう。わいがつまらん色気をだしたせいで、おまえの大事な若衆につらい思いをさせるはめになった」

「とんでもありません。ガードの人数を増やしてたら重光に重い罪を背負わすことも、それ以前に、おやじさんが襲われることもなかったと悔んでいます」

「おなじことや」

友定のひと声に、村上は顔を横にふった。

「組長の行きつけの店はどこも見張られてた。三つの店の近くで不審な二人連れが目撃されてる。相手はかなりの人数で動いてたようや」

「いつごろの話です」

「有馬温泉での定例会のすぐあとみたいやな」

「つまり、長谷川が逆恨みしておやじさんを狙った」

「それはどうかな。長谷川は博奕好きで台所は火の車やったらしい。殺し屋どもを雇うゼニがあったとは思えん」

「考えられるのは高木組ですか」

「おそらく……」

友定が語尾を沈めた。はっきりものを言う友定にしてはめずらしい。

松原があとを受けた。

「さっき滝川会長に会ってきた。広島刑務所で西本若頭に面会した五十嵐も来てたが……よほどの確証をつかまんかぎり、高木には手をだすなと言われた」

「そんなあほな。おやじさんは会長代行です。会長が襲われたも同然やないですか」

「理屈をこねるな。現実はそう単純やない」

「高木さんが本家の金庫を支えてるからですか」

「それもあるが、うちが高木組ともめれば神侠会にひびが入る」

「むこうに加勢する者がいるとは思えません」

「高木組は関係ない。気がかりなのは県警本部の幹部らや。うちが動けば、ここぞとばかりに圧力をかけてくる。会長も西本もそれを心配してる」

「神侠会を潰しにかかると」

「それはない。神侠会を解散に追い込めるとは端から思ってない。神侠会に自分らの影響力を強める……それがむこうの狙いや」

なにも言えなくなった。捜査四課の長内や中原とつき合っていても、彼らが情報をさらけだすわけではないので、県警本部の内部事情にはうとい。

「そのためには、昔からの腐れ縁で繋がってるわいら古参は邪魔でしかない」

「もしかして、高木さんは県警本部の上と手を組んでるのですか」

「高木をもっと早くに潰しておけばよかったんです」

友定の声は怒気にまみれていた。

松原が黙った。腕を組み、瞼を閉じる。口は一文字に結んだ。

村上は、身じろぎもせずに松原の言葉を待った。友定もじっと松原を見つめる。

やがて、松原が眼を開けた。

松原の眼に憤怒の炎を見た。だが、怒りの矛先は読めなかった。

高木か、それとも自重の指示をだした会長なのか。

村上はこらえきれなくなった。

「おやじさんの行きつけの店を知ってるのは誰ですか」

「ん」

松原の眉がはねた。

「知ってどうする」

「黒幕を見つけます」

「ほかの店はともかく、シャレードと亜紀子というクラブはほとんど知らんはずや」

「その亜紀子にも妙な野郎どもがうろついてたのですか」

「そうらしい」

「ほとんどということは、知ってる者もいる」

「友定をふくめて三人かな」

「もちろん、高木さんはふくまれていませんね」

松原が睨んだ。

「お願いします。三人の名前を教えてください」

「高木がそいつらの誰かに聞いた可能性もあるが、高木の身内が以前からわいを尾行してたかもしれん。つまらん考えは捨てろ」

最後のひと言には力があった。

とっさに、ひらめいた。松原は自分の胸のうちを読みきっている。

「好きにさせてください」

「勝手なまねはさらすな」

友定が吠えた。

「やるときは松原組として動く」

「やめんかい」

松原の破声《われごえ》が部屋に響いた。

「おまえらの気持ちはようわかる。けど、わいは神俠会の会長代行や。おまえらが松原組を大事に思うように、わいも神俠会の安泰を第一に考えてる」

「けど……」

「けどもへちまもない。すべての真相がわかり、それでも会長が我慢しろと言うのなら……そのときは会長代行を降り、盃を割る。そやから、いまは辛抱せえ」

ふたたび、部屋が静まり返った。


喫茶店のジュークボックスが休みなく稼動している。

二十歳前後の若者たちが代わる代わるコインを落としては選曲する。

ビートルズナンバーの『ヘイ・ジュード』や『ストップ・ザ・ミュージック』、『マイ・ガール』、『サニー』などがひっきりなしに流れた。

若者が座ったまま身体をゆらす。立ちあがって軽やかにステップを踏む女もいる。

眼の前に、自分とはまったく異なる青春を生きる若者たちがいる。

彼らとおなじ歳の時代を刑務所で暮らした。

村上は、感傷に浸りそうになりかけて、腕時計に視線を移した。

中原警部補との待ち合わせの時間はとっくに過ぎている。

会いたいと連絡したのは村上のほうだった。

村上は、松原の自宅をでたあと、友定を拝み倒して松原の行きつけの店を教わり、その夜のうちに店のママや従業員から幾つかの情報を聞きだした。

松原はひとりで呑み歩くのが好きなこともあって、シャレードや亜紀子以外の店でも同席した者はすくなかった。すべての店に顔をだしたことがあるのは友定と美山、それに西本組若頭の五十嵐の三名と知れた。

それらの店の様子を窺う不審者がうろつきだしたのは松原が襲撃される二週間ほど前からというのが目撃者の一致した証言だった。

長谷川が射殺されたのは四月十三日の、村上が美山と差しで話しているさなかのことで、目撃情報はその日の前後にまたがっていた。

重光に射殺された男のひとりが元赤井組の若衆で、その男の部屋から二百万円が見つかった事実と、美山が金田組を訪ねたことは切り離して考えられないけれど、もう斟酌する気はない。暗殺者の陰に高木ありと確信している。

村上にはそれで充分だったが、警察の動向を知りたかった。

警察が高木や美山を監視していれば動きづらくなる。

加えて、松原の話が気になった。県警本部の幹部と高木が連携しているのなら、己の行動が松原組を窮地に陥れる事態を招きかねない。

二杯目のコーヒーを注文したとき、ようやく中原があらわれた。

遅れたのを詫びるでもなく、彼は若いウェートレスの尻を撫であげ、ブルーマウンテンとミックスサンドを注文した。

「なんの用や。これでも会議をぬけてきたんや」

中原が面倒そうに言った。

「捜査は進んでますのか」

「あかん。さっぱりや」

「そう言わんと」

村上は用意の祝儀袋をテーブルに滑らせた。きょうは十万円入っている。

中原が中身も確認せず上着のポケットに収めた。

「隠してへん。松原を襲った野郎どもの身元も、その片割れの部屋から二百万円がでてきたのも話したやないか」

「そのゼニはどこから流れてますのや」

「それがわからんさかい難儀してる」

「東門でしつこく聴き込みをしてるそうですね」

中原の顔に警戒の色が走った。

「おまえのほうこそ……なにかつかんだのか」

「それなら、とうに銃弾が乱れ飛んでる」

「やめとけ、やめとけ」

中原が幾度も手のひらをふった。

「これ以上、神戸の街で弾を飛ばしたら、それこそ神侠会本家も無傷では済まん」

「あんたらがすべてを解決してくれたら俺たちも安心です」

「しおらしいことを言うやないか」

「早くケリをつけてくれんと。血の気の多い者がいらいらしてますのや」

中原が唸り、黙り込んだ。

刑事の口数が減るのは捜査のヤマ場が近づいている証である。

ウェートレスが注文の品を運んできて、中原がサンドイッチを頬張った。

村上は、煙草をふかしながら辛抱強く待った。

半分食べたところで、中原が顔をあげた。眼がひややかに笑った。

「血の気がまったくない者もおるな」

「誰のことです」

「大幹部に出世した高木よ。あした、高木と美山がそれぞれの若頭を連れて大神戸ゴルフ倶楽部で遊ぶらしい。お家の大事に暢気《のんき》なことや」

中原のひと言で胸の重石がとれた。

どうやら警察も一枚岩ではなさそうだ。

息をぬきかけたとき、中原の声がした。

「おまえと美山、どうなってる」

「えっ」

「とぼけるな。松原と高木の仲が悪いのも、美山が高木についてるのも、マル暴刑事なら皆が知ってる。二人が衝突したら……おまえはどうする」

「言うまでもない。高木組を潰す」

「美山が高木に加勢してもか。美山は必ず動く。なにしろ、あいつは高木の参謀役や。口さがないやつらは腰巾着ともぬかしてる」

「兄貴はそんな男やない」

「そう、それよ」

中原がにっと笑った。

「おまえにとって、美山は松原以上に大切な男やろ。その男に拳銃《チャカ》をむけられるんか」

「……」

「美山は、おまえを松原に預けたとき、畳に額を擦りつけたそうな」

「誰に聞いた」

「うちのボスや。安野《あんの》課長がその場に居合わせた」

「なんでいまごろ、そんな話をするのや」

乱暴なもの言いになった。

「ちょっと気になってな。俺はこう見えても人情話に弱いねん。おまえのおふくろさんに泣きつかれて、美山は人殺しのおまえを預かった。美山も荷が重かったやろが、倅の将来を極道者に託す母親の気持ちを思うと……」

ほんまの話か。

たったそのひと言がでなかった。

「美山は松原に預けるさい、おまえのおふくろさんに相談した」

「おやじさんはそれを知ってるのか」

「もちろん。すべて承知のうえでおまえを引きとった」

「それも課長に聞いた話か」

「俺がつき合ってる極道者はおまえだけやない。まあ、それはともかく、そんな話を聞かされて、俺はおまえに興味を持った。どんな極道者になるのか、見たかった」

「どうなった」

「まだまだ……松原と美山を天秤にかけようとさえしてない」

「知ったふうな口をきくな」

「おせっかい好きも俺の性格や」

「教えてくれ。美山の兄貴と高木さんは切っても切れん仲か」

「どうやろ。二人を繋いでるんは、お互いの打算……野心かな」

「それならええ」

「なにがええのや」

「打算や野心に興味はない」

村上はつっけんどんに返した。

やるべきことがますますはっきりした。

「ところで、警察は高木さんをマークしてるのか」

「あんな小心者になにができる。けどな、今回はうちの偉いさんらが妙に張り切って、神俠会幹部の行動をきっちり調べあげてる」

「殺し屋を雇った者の目星はついてないのやな」

「ついてたらこんなところで油を売ってられるか」

村上は中原の言葉を信じた。

長内と中原とでは性格も、極道者とのつき合い方も異なる。中原はカネをせびるのも上手いが、それ以上に保身の術を心得ている。どこかの組織に肩入れすれば、その組織があやうくなったとき、己の身にも危険が迫ることを知っているのだ。

中原は自分と会ったことを同僚の長内に喋らない。

そう確信できた。

もう、あれこれと思い悩むのはやめた。

高木春夫を殺《や》る。打算や野心などぶち壊す。

高木さえいなくなれば、すべてが元に戻る。

極道者の筋目とか関係なく、高木への憎悪が燃え盛った。

朝焼けの空に幾匹もの鯉が気持ちよさそうに泳いでいた。

布で作られたおおきな鯉もいれば、いまにも千切れ飛びそうな紙の鯉もいる。

村上は、しばし足を止め、静かな風景を眺めた。

刑務所をでてからの五年間が長くも短くも感じられる。だが、生きていることを常に実感していたのは確かである。恵まれた歳月だった。

だが、母は違う。

手塩にかけて育てた子が人を殺め、極道者になった。そのうえ、さらなる重荷を背負って生きていくことになるだろう母への思いを断ち切れなかった。

母が朋子の前で涙を流したと聞いたときは胸が締めつけられた。中原の話に心はかきむしられ、血の涙が噴きだしかけた。

村上は無意識に足を動かした。長屋の風景を瞼に刻みつけようと思っただけなのに、実家の前まで来てしまった。

玄関の引き戸の隙間から濁ったオレンジ色の灯がこぼれている。

覗き見ようとは思わなかった。

村上は、すこし傾く戸をしばし見つめたあと、靴音を立てずに踵を返した。

前方の路地角にタクシーを待たせてある。

行く先はゴルフ場だ。
村上は足を速めた。
まぢかに迫ったとき、タクシーがクラクションを鳴らしながら急発進した。
身構えるひまもなかった。
路地角から二人の男が飛びだしてきた。
二人とも手に拳銃を握っている。
「村上やな」
咆哮《ほうこう》と共に銃口が火を噴く。
村上は、脇にすっ飛び、転がりながら電信柱に身を寄せた。
美山なのか。
とっさに、うかんだ。
美山は自分の性格を熟知している。母への思いもわかっている。
しかし、疑念はひろがらなかった。
こんなところで死ねるか。
身体が熱くなった。
腰に差した拳銃をぬくあいだにも左右を銃弾が流れる。

村上は引き鉄《がね》を絞った。

「義一っ」

背に甲高い声が届き、あわててふりむいた。

母が引き戸から上半身をだしている。いまにも飛びでそうだ。

「でるな」

村上は叫んだ。

叫びながら母にむかって走った。

男たちが追ってくる。

「人殺し」

母が必死の形相で連呼した。

「ひっこめ」

言いおえるより早く左脇腹に衝撃を受けた。

前のめりになって地面を滑る。すぐに反転し、上半身を起こした。

反撃に転じた。敵を狙い撃つ余裕はない。

何発目かの銃弾で、男が地面に転がった。

ほとんど同時に、複数の怒鳴り声を聞いた。

長屋の人たちが玄関や窓から顔をだして叫んでいる。

男たちが背をむけた。

それでも撃ち続けた。指が勝手に反応した。

「義一っ」

母が背に抱きついた。

それでようやく銃声がやんだ。

「兄ちゃん」

妹の声がした。ひきつったような声だった。

母の眼から大粒の涙がこぼれおちた。

「このあほたれが」

懐かしい響きだった。

このあほたれが。

ガキのころ、何度耳にしたことか。

「おっかあ」

「まだ死なさんぞ。この親不孝者が……」

母の顔が幾重にも見えた。

終章　覚悟の先

眼に飛び込んできたのは真白の三角巾だった。
白布からはみだした左手の小指にも包帯が巻いてある。
村上は、ドア口に立ち止まってそれを見つめたあと、すこし視線をあげた。
透明な壁のむこう、美山勝治の顔がある。
村上は、手錠と腰縄をはずされ、警務員に促された。
三か月ぶりの再会だった。
奇妙な感覚に戸惑った。懐かしさに心がうろたえた。
美山が正面に腰をおろした。
村上は、口を噤んだまま美山の眼を見た。
美山もおなじだった。
一瞬にして八年の歳月が縮まったような錯覚に陥った。

あのときとおなじ神戸拘置所の面会室にいる。

「傷はどうや」

やさしい声がした。

村上は二発の銃弾を食らった。右腕は骨に刺さる弾片の摘出手術を行ない、左脇腹のほうは何グラムかの肉を削がれた程度で済んだ。

三週間の入院のあと兵庫県警長田署に移送され、銃刀法違反および傷害の罪状で起訴されたのは二十一日後のことだった。

「もう大丈夫です」

村上はおだやかな口調で応じた。

裁判が始まる前に美山と会っていれば、違った態度を示したかもしれない。

五日前に行なわれた第一回の裁判で、村上は、検事の起訴朗読を聞きながら、すこし救われた気分になった。

村上を襲った二人組は事件の三日後に警察へ自首した。松原を襲撃したのとおなじく、元赤井組とかかわりのある男たちだった。彼らの供述によれば、村上は長谷川が射殺される前から命を狙われていたという。

殺し屋を雇ったのは高木ではないか。

いまはその思いが濃くある。

おとつい面会に来た友定もおなじ考えだった。

「なあ、ギイチよ。納得できんのなら、娑婆にでてから俺の命《タマ》を奪《と》りにこい」

村上はゆっくり顔をふった。

兄貴を敵にまわしたくなかったから高木を殺すつもりだった。

そうは言えなかった。

友定の話では、滝川会長の号令のもと、執行部は事態の沈静化に奔走したらしい。

調停役を任じられたのは、大村、谷口、佐伯の若頭補佐だった。

事件の真相があきらかになるまで調停には応じない。

そう主張しつづけていた松原は、村上と襲撃者が起訴された時点で態度を軟化させ、会長の意思に従ったそうである。

和議調停は、一連の事件の発端となった長谷川の造反騒動に絞って行なわれた。松原と村上の事件の背景をさぐれば収拾がつかなくなるとの配慮からだった。

第一回目の裁判が開かれた日、神俠会本家において、調停は一応の収束をみた。高木は、よその組織の内紛に関与したとして、松原組に慰謝料の五千万円を支払い、美山は己の意思で小指を切り落とし、けじめをつけた。

松原の強い意向を考慮し、村上襲撃に関しては警察の捜査に進捗《しんちょく》があった場合にあらためて執行部会で協議することが確認され、高木と美山は役職をはずれたうえ、相当期間の謹慎の処分が科せられた。

友定の推測によれば、西本若頭が出所するまでのあいだ、ということになる。

「うちのおやじさんに会われましたか」

「指を詰めたあと自宅に行ったが、門前払いにされた」

「………」

「けど、この指は、松原の伯父貴やのうて、本家に差しだしたんや」

「兄貴はこれからも」

「俺の性格はわかってるやろ。この先も高木さんと行動を共にする」

「………」

「おまえがでてくるころ、神俠会はおおきく変わってると思う。それがいいのか悪いのかわからんが、変わらな、これからの極道者は生きていけん」

「俺には関係ありません」

「ほんま、頑固やな」

村上は苦笑を洩らした。

美山が言葉をたした。

「俺は後悔してる」

「なにをですか」

「俺にとって唯一のしくじりは、おまえを極道者にしたことや」

「どうして自分を拾ってくれたのですか。おふくろに……」

「いや」

強い声にさえぎられた。

「気の許せるやつがほしかったのかもしれん」

美山が立ちあがる。

「兄貴」

「ん」

「いや……」

村上は、美山が面会に来た礼を言えなかった。

娑婆にでてからも極道者として生きる覚悟はできている。

松原組に復帰すれば、今度は間違いなく美山と衝突する。

そう思えば、いまだ胸に溜まる思慕の情を口にするのはためらわれた。

ドアの傍で、美山がふりむいた。

「おまえにそっくりや」

「子どもに会ったのですか」

「さっき、おまえのおふくろさんを誘いに行ったんやけど、あいにくおまえの嫁がでかけてた。おふくろさん、おしめを替えてたわ」

朋子が村上の実家で暮らし始めたのは知っている。

「兄貴」

「なんや」

「俺が娑婆にでたあとは防弾チョッキを着てください」

「あほか」

美山が白い歯を見せた。

つられて、村上も笑った。

解説

香山二三郎

暴力団といえば、まず脳裏に浮かぶのは二〇一一年夏、暴力団関係者との交際がもとで人気お笑い芸人が突然現役引退を発表した事件だろう。芸能界だけではない。その前年からは野球賭博や八百長問題の発覚等で暴力団との関係が取り沙汰され、角界も大きく揺れ動いていた。芸能界、スポーツ界に黒い霧がつきまとうのは今に始まったことではないが、様々な世界に侵出する暴力団の脅威に改めて恐怖を感じた人も少なくあるまい。

もっとも、だからといって、暴力団が勢力を増しているというわけではなさそうだ。

むしろ近年は警察の取り締まりが厳しくなり、苦境に陥っているといっても過言ではない。お笑い芸人が引退を発表した二か月後、東京都と沖縄県で暴力団排除条例が制定され、日本全国で洩《も》れなく条例が施行されることになったのもその証左だろう。

やくざ、あるいは極道者の生きざまを活写した本書はしかし、そうした新世紀の暴力団を背景にした作品ではない。物語の本篇が始まるのは一九六七年（昭和四二年）の秋。「警察庁が全国で多発する抗争事件を由々しき事態と見て極道組織の撲滅に本腰を入れだし」てからまだ間もない時代のお話なのである。

本書『青狼　男の詩』は二〇〇五年三月に『とっぱくれ』のタイトルで文藝春秋から刊行された書き下ろし長篇である。〇八年一一月に文春文庫に収められたが、今回の幻冬舎文庫収録に際しては改題とともに大幅な改稿もなされている。

主人公の村上義一《よしかず》は終戦直後、神戸の同和地区に生まれ、小学生の頃から喧嘩《けんか》三昧《ざんまい》の日々を送る。中学三年の夏、幼い頃自分を可愛がってくれた美山勝治と再会、暴力団神俠会松原組の幹部になっていた彼に目をかけられるようになり、ほどなく舎弟として下で働くようになるが、神戸港で船内荷役に就いたとき、些細なトラブルから対立する組に属する男を殺してしまい、四年六か月の実刑を食うことに。

本篇はその村上が四年で出所、三年で自分の組――義心会を持ち、美山の舎弟から神俠会の看板組織である松原組の若衆として盃を直すところから動き始める。

神俠会は九〇〇〇人を超える構成員を擁し、全国に武力侵攻を進める広域暴力団。警察庁の最大の標的となっていたが、会長の滝川は重病を患っていた。次期会長の座を約束されている若頭の西本勇吉も監禁・傷害罪で実刑が確定しており、自分のいない留守を西本組若頭・五十嵐健司と美山に託そうとしていた。西本は村上に目をかける美山の思いを知ったうえで、あえて松原組に預け、スパイをさせる腹積もりだったのだ。神俠会が正念場を迎える中、義心会は甲子園競輪場でノミ屋をやることになるが、村上は現場を仕切る古参の石黒組や児玉組相手に強気で渡り合おうとする。その一件で、周囲から〝とっぱくれ〟（はねっ返り者）と噂《うわさ》されるようになるが、美山は自分はライバルの台頭に苦慮しながらも、彼には「己の道を突っ走れ」と檄《げき》を飛ばすのだった。

義心会を興して二年、村上は蓄財に励み、順調に立場を強めていた。兵庫県警本部捜査四課の長内や中原とも相通ずるようになるが、その長内から、中華料理屋の立ち退きの仲介仕事に神俠会直系若衆の加治組が嚙《か》んでいると知らされる。やがてその背後で、古参の直系若衆で神俠会の穏健派を束ねる実力者、高木組の組長・高木春夫が指示を出しているらしいことが判明。だが美山はその高木を後押ししようとしていた……。

やくざ小説、任俠《にんきよう》小説、極道小説――。やくざ者や極道者を主人公にした小説には様々な呼び名があるが、本書の初刊本には「天然の極道小説」という惹句《じやつく》が付されていた。「天然」といってももちろん天然ボケのことではなく、生まれついての、天性のという意味合いだ。

なるほど村上義一は仁義や忠義にあついいっぽう、キモも据《す》わっており、大胆かつ細心に上を狙《ねら》える逸材。まさに極道のライトスタッフを持った男なのだ。その点本書は彼のサクセスストーリーともいえようか。いや、任俠に富んだ男でも簡単に出世出来るほど極道社会は甘くはない。サクセスストーリーというよりは、紆余《うよ》曲折を経ながら成長していくビルドゥングスロマンといったほうがいいかもしれない。

現実世界では、東京オリンピックを控えた一九六四年（昭和三九年）二月から、警察庁は神戸港の荷役仕事を独占し、さらに広域化しつつあった山口組を筆頭に暴力団を壊滅させる「第一次頂上作戦」に乗り出したが、本書の神俠会も資金源となる企業がいっせいに狙い撃ちにされるなど窮地に立たされる。それはしかし、暴力団でゼニ儲《もう》けが重要視されるきっかけともなる。全国制覇を目論む神俠会は戦争のためにも膨大な資金を必要としていたのだ。その力でのしあがってきた神俠会には武闘派としての働きぶりを重んじる風潮があったが、そのいっぽうで資金調達に長《た》け、政財界にも顔がきく「経済やくざ」も台頭しつつあった。高度経済成長が進む一九六〇年代後半、極道社会も変貌を遂げ始めていたのだ。村上たちにちょっかいを出してくる高木春夫はまさにその代表格で、物語後半は村上たち任俠やくざと経済やくざのサバイバル劇めいてくる。

村上にとって厄介なのは、本来任俠やくざであるはずの美山が自らの生き残りのため経済やくざに与《くみ》していたから。神俠会幹部の権力闘争を目の当《ま》たりにした彼は、親である松原組長に思わず「いまはなんと言うか……生き方が汚いように思います」と洩らす。それに対して松原いわく、「極道者にきれいも汚いもあるか。皆が己と己の身内を守るのに必死や。映画のように、義理と人情だけでは生きていけん」。そう、映画でいえば、極道社会はまさに『昭和残俠伝』から『仁義なき戦い』の世界へと移行しつつあったのだ。

いやそれにしても、極道社会の内幕劇って面白い。面白いというと語弊があるかもしれないが、跡目争いも絡んだ神俠会の権力闘争では様々な欲得が絡み、剝《む》きだしにされ、事件が勃発する。鈴木智彦『潜入ルポ　ヤクザの修羅場』（文春新書）によれば、「コンピューターの普及で、大打撃を被った業種のように、社会が整備されて来るにつれ、暴力団の存在価値は薄らいでいる。（中略）いまや暴力団は一般的な生活を送るのも困難となった。銀行口座は作れない。新車も売ってもらえない。カメラ店でのプリントさえ拒否される。葬儀会場を貸してくれるところもない。理解しがたいかもしれないが、暴力団は一種の社会的弱者なのだ」とのこと。冒頭でも述べた通り、暴力団にとって今は「第一次頂上作戦」があった時代以上に困難な時代なのかもしれないが、せめてフィクションの中だけでも魅力的な悪役であってほしいものだ。

もっとも読者の中には、男たちの生きざまもさることながら、村上と家庭を築こうとする姐《あね》の朋子の姿に興味を抱く向きもあるかもしれない。村上はクラブのホステスだった彼女にひと目惚《ぼ》れして口説き落とした。彼女は殺人の前科もある村上を最初は疎んじていたが、関係が続くにつれ、積極的に絆を深めていくようになる。極道者の父を持つ子供の気持ちを考えると、家庭を持つことに不安を抱く村上だが、その点姐となる覚悟を固めた朋子のほうが懐が深いというか、根っこがしっかりしている。極道者を家族に持った女の覚悟と哀しみは、村上と母親との関係劇においてもしっかりと描かれている。造り酒屋の跡取りから極道に転じた新之助など、村上の舎弟たちの造形もまた同様。単なるやくざの抗争劇にとどまらない、浜田小説の魅力だろう。女性にも一読をお奨めしたいゆえんである。

なお本書の初刊本である『とっぱくれ』には続篇がある。二〇〇六年七月に文藝春秋から刊行されたその『破道　とっぱくれ』も近い将来、文庫に収められる予定。

また著者には、本書のほかにも極道ものがある。現代の任俠やくざ系のヒーローを描いた『若頭補佐　白岩光義　東へ、西へ』(幻冬舎文庫)のシリーズだ。それと裏表の関係にある『捌き屋　企業交渉人　鶴谷康』(同)のシリーズともども、ご一読されたい。

——コラムニスト

この作品はフィクションです。実在の事件・人物とは一切関係ありません。

この作品は二〇〇八年十一月文春文庫に所収された『とっぱくれ』
を改題し、大幅に加筆、修正したものです。

幻冬舎文庫

●好評既刊
捌き屋
企業交渉人 鶴谷康
浜田文人

捌き屋の鶴谷康に神奈川県の下水処理場にまつわる政財界を巻き込んだ受注トラブルの処理の依頼が舞い込む。一匹狼の彼は、あらゆる情報網を駆使しながら難攻不落の壁を突き破ろうとする。

●好評既刊
捌き屋Ⅱ
企業交渉人 鶴谷康
浜田文人

鶴谷康は組織に属さない一匹狼の交渉人だ。今回彼に舞い込んだのはアルツハイマー病の新薬開発をめぐるトラブルの処理。製薬会社同士の泥沼の利権争い……。彼はこの事態を収拾できるのか？

●好評既刊
捌き屋Ⅲ 再生の劇薬
浜田文人

捌き屋・鶴谷康が請け負った山梨県甲府市の大型都市開発計画を巡るトラブルの処理。背景に超大型利権、それを牛耳る元総会屋の存在が浮かんだ。絶体絶命の窮地を鶴谷は乗り越えられるのか？

●好評既刊
若頭補佐 白岩光義 東へ、西へ
浜田文人

浪花極道・白岩は女が男に拉致される場面に遭遇し、救出した。彼女がマレーシア人であることを知り、アジアからの留学生を食い物にするＮＰＯが浮上する……。痛快エンタテインメント小説！

●好評既刊
若頭補佐 白岩光義 北へ
浜田文人

花房組組長、本家一成会の若頭補佐・白岩は震災から三ヶ月後の仙台を訪れた。そこで復興を食い物にする政治家や企業の存在を知る。頑なに筋目を通す男が躍動する傑作エンターテインメント！

青狼《せいろう》 男《おとこ》の詩《うた》

浜《はま》田《だ》文《ふみ》人《ひと》

平成24年6月15日　初版発行
平成30年2月28日　2版発行

発行人――石原正康
編集人――永島賞二
発行所――株式会社幻冬舎
〒151-0051東京都渋谷区千駄ヶ谷4-9-7
電話　03(5411)6222(営業)
　　　03(5411)6211(編集)
振替00120-8-767643
印刷・製本―株式会社 光邦
装丁者――高橋雅之

幻冬舎文庫

ISBN978-4-344-41872-1　C0193　　は-18-6

幻冬舎ホームページアドレス　http://www.gentosha.co.jp/
この本に関するご意見・ご感想をメールでお寄せいただく場合は、
comment@gentosha.co.jpまで。